Ute Mainz

STELING
Morningshow

Ute Mainz

STELING
MORNINGSHOW

Nach einer Idee von Dirk Neuß und Stefan Herbst

Impressum

 1. Auflage 2022
© Eifeler Literaturverlag
In der Verlagsgruppe Mainz

Alle Rechte vorbehalten
Printed in Germany

Eifeler Literaturverlag
Verlagsgruppe Mainz
Süsterfeldstraße 83
52072 Aachen
www.eifeler-literaturverlag.de

Gestaltung, Druck und Vertrieb:
Druck & Verlagshaus Mainz
Süsterfeldstraße 83
52072 Aachen
www.verlag-mainz.de

Lektorat:
Christoph Swiontek

Umschlaggestaltung:
Dietrich Betcher

Abbildungsnachweis (Umschlag):
Sina Ettmer – stock.adobe.com

ISBN-10: 3-96123-052-8
ISBN-13: 978-3-96123-052-5

Bei diesem Kriminalroman handelt es sich um eine fiktive Erzählung mit Bezug zu regionalen Örtlichkeiten.
Alle erwähnten Personen sind frei erfunden. Eventuelle Ähnlichkeiten mit noch lebenden oder schon verstorbenen Menschen sind rein zufällig und nicht beabsichtigt!

KAPITEL EINS

Kommissar Steffens klammerte sich ans Lenkrad. Sein alter Audi, ein echtes Schätzchen, das er von seinem Opa geerbt hatte, gab ihm zurzeit das minimale Quantum an Geborgenheit, von dem er schon glaubte, es komplett verloren zu haben. In aller Frühe ließ er Köln hinter sich, mit all seinen Highlights, seinen Erinnerungen, dem Großstadtgeflüster, seiner Liebe, seinen Kollegen vom LKA und seinen Freunden. Gestern hatten diese ihm einen angemessenen Abschiedsabend beschert, dessen Folgen sich durch ein monotones Hämmern hinter beiden Schläfen bemerkbar machte.

Die gerade aufgehende Morgensonne war heute irgendwie besonders hell und nur schwer zu ertragen.

Klar, er hatte einen ausgewachsenen Kater und bemerkte außerdem melancholisch und zerknirscht, dass irgendetwas verdammt schiefgelaufen war. Vor wenigen Wochen war er doch noch der angesehene leitende Beamte beim LKA gewesen und jetzt saß er im Auto, um in der Touristenstadt Monschau, der Perle der Nordeifel, neu durchzustarten. War das jetzt eine freiwillige Flucht oder doch eine Verbesserung? Es war zum Verzweifeln, er wusste keine Antwort.

Er dachte an Christina. Warum war sie noch nicht mal gestern wenigstens ganz kurz vorbeigekommen?

Er hatte Durst und noch bevor die Autobahnauffahrt ausgeschildert war, hielt Steffens an der Tanke, um sich eine gekühlte Flasche Mineralwasser und einen doppelten Espresso »to go« zu holen.

»Tanken wäre wahrscheinlich auch nicht schlecht, ist ja noch einiges zu fahren«, dachte er bei sich und seufzte über die Benzinpreise. Er tätschelte im Vorbeigehen die Motorhaube seines anthrazitgrauen Erbstückes. »Keine Angst, der Opa wusste schon, warum du zu mir solltest. Und wenigstens du bleibst bei mir!«

Er kippte den Espresso in einem Zug hinunter, wie noch vor wenigen Stunden den Schnaps. Mit einem lauten Zischen öffnete Steffens danach die Mineralwasserflasche und ärgerte sich über das heraussprudelnde Wasser. »Verdammter Mist!«, fluchte er, wischte die nassen Hände an der gewollt lässigen Designerjeans ab, tat einen kräftigen Zug aus der Flasche, bevor er schließlich wieder hinter dem Steuer Platz nahm und mit einem tiefen Atemzug die Fahrt in die Eifel antrat.

Schon bald führte ihn die Autobahn Richtung Aachen an den gewohnt langweiligen Feldern, an wenigen Bäumen, tristen Gehöften und den sich überall gleichenden Industriegebieten vorbei.

Noch war die Landschaft austauschbar. Erst als die Kühltürme bei Weisweiler sichtbar wurden, die wolkenfabrikgleich gewaltige Dampfschwaden ausstießen, änderte sich das Erscheinungsbild. Ein vom jahrzehntelangen Kohleabbau zerfurchtes Gebiet offenbarte sich vor seiner Windschutzscheibe. Er passierte das Aachener Kreuz.

Steffens hatte aber dafür heute keinen Blick. Während er noch überlegte, ob die Abfahrt Lichtenbusch die richtige sei, um nach Monschau zu gelangen, hatte er sie auch schon verpasst. Und so erreichte Steffens Belgien. Das portable Navigationsgerät lag im Koffer, ein fest eingebautes hatte sein Oldtimer nicht. Schließlich sollte das Auto nächstes Jahr das lang ersehnte H-Kennzeichen für steuerbegünstigte History-Modelle bekommen.

»Na bravo«, schalt er sich, als er an der stillgelegten Zollstation vorbeifuhr. »Aber irgendwie muss es doch auch von hier aus in die Eifel gehen.«

In Eupen verließ der Kommissar die Autobahn und es überkam ihn ein gewisses Gefühl von Urlaub, so fremd mutete die belgische Stadt, die langsam erwachte, mit ihren teils deutschen, teils französischen Hinweisschildern an. An einer Boulangerie, einer Konditorei, brachte Steffens sein Auto zum Stehen.

»Kuchen«, dachte er. »Belgischer Reisfladen! Das ist es.« Er betrat die kleine Verkaufsstube und fühlte sich sofort in seine Kindheit versetzt. Der Duft der hier vor Ort gebackenen Besonderheiten hielt ihn gefangen. Bilder eines total verregneten Campingurlaubes in der Eifel mit seinen Eltern traten unverhofft vor Steffens innerem Auge auf. Gerüche sind eben die zuverlässigsten Gedächtnisse.

Seine Schwermut über den Verlust der Kölner Zeit wich zaghaft dem Zauber des neuen Anfangs.

Jetzt noch einen Kaffee und ein pain au chocolat für die Fahrt. Den Belgischen Reisfladen platzierte er vorsichtig auf dem Beifahrersitz. Wie in Belgien üblich, war der Kuchen relativ geschützt in einer Pappschachtel einem Geschenk gleich verpackt.

Sein alter Audi hatte als Zubehör einen Kassettenrekorder und Steffens war deshalb noch immer im Besitz seiner alten Bob Marley-Cassetten. Er hatte sich Zusatzboxen unter die Hutablage eingebaut und so verfügte sein Auto über einen ordentlichen Sound, der Steffens für den Moment die letzten Nuancen der Melancholie wegblies. Die unvermeidliche Bassdröhnung kam aus den Tiefen der Rückbank.

Der Kommissar fuhr über eine schnurgerade Holperstrecke mitten durch die Ausläufer des Hohen Venns und hatte, ohne es geplant zu haben, den legendären »Highway to Hell« gefunden, die alte, mit Betonplatten befestigte Straße, über die schon während des Zweiten Weltkriegs Panzer gerollt waren, und die später so manchem Motorradfahrer zum Verhängnis wurde. Schnurgerade führt diese Straße durch die beeindruckende Moorlandschaft von Belgien nach Deutschland, direkt in die Nordeifel. Die erhabenen Nähte, die dort entstanden waren, wo die einzelnen Platten aneinanderstießen, ließen sein Auto hör- und fühlbar, in gleichmäßigen Abständen vibrieren, es klang fast wie ein Zug.

»Panzerplatten«, dachte der bekennende, ehemalige Ersatzdienstleistende. »Nee, Panzerplatten war was Anderes«, schüttelte er wie bei einem Gespräch den Kopf, ungeachtet dessen, dass ihn keiner sah. »Von Panzerplatten hatte immer der Onkel erzählt, der alte Reservist. Das waren doch diese trockenen Brotplatten im EPACK, der Einsatzpackung zur Verpflegung der Soldaten.«

So in die Vergangenheit vertieft, drifteten seine Gedanken immer wieder zu dem von ihm unbemerkten Punkt, an dem sein Kölner Leben aus dem Ruder gelaufen war. Das Warum und die Frage nach den verpassten Chancen wechselten mit der ihm angeborenen Neugierde auf neue Situationen. In seinem Kopf herrschte das totale Chaos.

Im selben Maße, wie seine Kopfschmerzen weniger wurden, wuchs seine Aufmerksamkeit für die Dinge der Außenwelt und er genoss die Musik. Draußen wechselten sich dichte Waldstücke und Pferdekoppeln, Kuhwiesen und Moorlandschaften mit ihrem typischen Bewuchs ab. Die Straße war jetzt geteert, wurde kurviger und führte leicht bergauf.

Über ihm kreisten drei Rotmilane wie zur Überwachung, aber die konnte Steffens nicht sehen. Er hatte schon von weitem etwas bemerkt, das ihn langsamer werden ließ und schließlich dazu veranlasste, seinen Audi rechts ranzufahren und anzuhalten.

Vorsichtig schaute Steffens hinter sich, bevor er die Fahrertür öffnete und aus seinem Wagen ausstieg. Vor ihm in der Parkbucht stand ein verlassenes Auto mit geöffneter Seitentür. Andere wären vielleicht weitergefahren, aber Steffens war Kripobeamter durch und durch. Er hatte den siebten Sinn für Anormales, den Instinkt und den Biss, Tatorte zu entlarven, Verbrechen zu erkennen und aufzudecken. Steffens hatte Witterung aufgenommen. In solchen Momenten war seine Wahrnehmung schärfer als sonst. Das Pochen in den Schläfen hatte nun ganz aufgehört.

Behutsam, fast geräuschlos schlich er zu dem dunkelblauen Kleinwagen japanischer Herkunft. Das Nummernschild mit MON verriet seine Zugehörigkeit zum Monschauer Raum. Das Auto machte einen ungepflegten Eindruck, nicht nur der Dreck, auch die Roststellen und der fleckige Bezug des Fahrersitzes wirkten auf Steffens, der es lieber wertig und ordentlich mochte, abstoßend. Während er das Innere des unangenehm riechenden Wagens inspizierte, ertönte aus dem Autoradio die freundliche Moderatorenstimme, die die tägliche Sendung der SWR Morningshow bekanntgab.

Der Kommissar war so vertieft und konzentriert, dass er das heranfahrende Auto nicht wahrnahm.

»Halt, Polizei! Was machen Sie hier? Heben Sie beide Hände hoch und drehen Sie sich langsam um!«, durchschnitt plötzlich eine scharfe Stimme die bis dahin nur von der Mornigshow gestörte Ruhe.

»Was ich hier mache? Ich gucke mir das verlassene Auto an!«, antwortete Steffens, während er sich langsam umdrehte.

»Das ist nicht Ihre Aufgabe, sondern unsere«, ermahnte ihn ein uniformierter Polizist und setzte mit dem Befehl »Papiere!« den Schlussakkord jeglicher, eventuell aufkeimender Diskussion.

»Jetzt mal langsam«, versuchte Steffens den verlorenen Boden wieder gut zu machen. »Ich bin selber Polizist, um genau zu sein, Hauptkommissar Steffens aus Köln auf dem Weg zu meiner neuen Dienststelle nach Monschau.«

»Das könnte stimmen, wir erwarten einen Steffens aus Köln, aber nicht aus Belgien kommend. Von Köln aus fährt man in Lichtenbusch von der Autobahn ab und dann über Roetgen, Konzen, Imgenbroich nach Monschau«, belehrte der zweite Uniformierte überheblich.

»Mag sein«, antwortete Steffens mit Bedacht und rieb sich mit beiden Zeigefingern über die Schläfen, die sich nun wieder bemerkbar machten. »Aber wie zum Teufel wäre ich dann zum Einstand an Belgischen Reisfladen gekommen?« Dabei nickte er mit dem Kopf in Richtung seines Autos, auf dessen Beifahrersitz der Reisfladen samt Verpackung gefährlich kippelig auf die Sitzkante vorgerutscht war.

Der eine, etwas korpulentere Polizist wagte einen Blick ins Innere von Steffens Auto und nickte anerkennend. Dieses Argument zog fast mehr als sein Dienstausweis, den der Kommissar den beiden neuen Kollegen unaufgefordert vorzeigte.

»Und was haben wir hier jetzt? Nur ein verlassenes Auto oder ein verlassenes Auto und mehr?« Der Kommissar wurde schnell dienstlich und professionell. Er verließ sich auf seinen Instinkt.

»Ein Zeuge hat uns darüber informiert, dass er heute früh in der Dämmerung eine Person beobachtet hat, die hier aus einem Auto einen menschenähnlichen Gegenstand herausgezogen und weggeschleppt hat«, erklärte einer der beiden Beamten die Situation.

»Er war wohl mit seinem Hund unterwegs und hat uns, als er wieder zu Hause war, sofort angerufen.«

Während Steffens mit Bedacht um das kleine verlassene Auto herum ging, wurde er immer noch voller Argwohn von den beiden Einheimischen beobachtet. Sie registrierten einen gutaussehenden Mittvierziger in salopper, aber gepflegter Jeans, aus der wie zufällig ein schneeweißes T-Shirt hervorlugte, das auch von der braunen Lederjacke nicht ganz verdeckt wurde. Im gleichen Farbton wie die Jacke waren seine Lederboots, die nur dreiviertel geschnürt waren und so Platz genug boten, die Enden der Hosenbeine aufzunehmen. Seine dunklen Haare waren halblang und sein Dreitagebart gab seinem Gesicht etwas Verwegenes, das aber eine gewisse Traurigkeit nicht überspielen konnte.

Auch Eifeler Polizisten sind empathisch!

Plötzlich ertönte aus der Richtung des neuen Kommissars die Melodie von *I shot the Sheriff* von Bob Marley. Steffens fingerte mit der rechten Hand nach seinem Handy in der Hosentasche, schaute gleichzeitig belustigt zu seinen erstaunten neuen Kollegen und machte mit der linken Hand eine undefinierbare Geste. »Der beste Klingelton ever«, rief er ihnen noch zu, aber nahm dann deutlich angespannt das Gespräch entgegen, ohne das Display zu beachten.

»Christina?« – Pause – »Ach du bist es. Ja, ich bin fast da und bei mir ist alles in Ordnung. Danke noch mal für gestern Abend. Ich melde mich, sobald ich die Koffer ausgepackt habe.«

Während des kurzen Telefonats hatte Steffens mit den Augen scheinbar konzentriert auf den Boden geschaut und jetzt pfiff er durch die Zähne: »Männer, kommt mal her, hier ist was!« Er zeigte auf eine kaum sichtbare Schleifspur, die unverkennbar in das ausgedehnte Waldstück führte, vor dem sie das verlassene Auto gefunden hatten. Der Boden war hart, verdichtet und steinig, man konnte dieses wichtige Detail tatsächlich nur schwer ausmachen. »Bitte veranlassen Sie, dass die Spurensicherung kommt. Ich weiß ja noch nicht mal, wo ich hier eigentlich genau bin. Ihr habt doch sicher Polizeiband in eurem Streifenwagen. Alles absichern, hier stimmt tatsächlich was nicht. Wahrscheinlich wäre eine Hundestaffel auch nicht verkehrt.«

Steffens legte seine Handfläche auf die Motorhaube und registrierte eine geringe Restwärme. »Lange steht der Wagen jedenfalls noch nicht hier«, stellte er fest. »Und bis die Spurensicherung kommt, essen wir den Kuchen.«

Der neue Kommissar grinste die verdutzten Beamten freundlich an. Er hatte sich seinen Einstand zwar auch anders vorgestellt, aber das Kölner Leben hatte ihm schmerzlich beigebracht, dass nur wenig konsequent planbar war.

Und so warteten die drei Männer, Hauptkommissar Steffens und die beiden Streifenpolizisten Paul Kreitz und Basti Schreiber auf einem Holzstapel sitzend mit Belgischem Reisfladen in einer Pappschachtel zwischen sich auf die Kollegen der Spurensicherung.

Die Zeit bis zum Eintreffen der angeforderten Mitarbeiter nutzte Steffens für seine erste Unterweisung in Heimatkunde. Paul Kreitz und Basti Schreiber entpuppten sich nach anfänglicher Zurückhaltung als echte Insider. Steffens hörte aufmerksam zu.

Er erfuhr, dass sie sich auf der L106 zwischen Konzen und Mützenich – was für Namen – befanden, dass die höchste Erhebung hier in der Nordeifel der Steling sei, von dem man bei klarem Wetter sogar den Kölner Dom sehen konnte, und dass er unbedingt bei Huberta im Konsum in Mützenich vorbeifahren müsse, um dort den legendären Kräuterschnaps, den Els, zu kaufen.

»Der wird mit einem Würfel Zucker getrunken. Man wartet bis die Eckscher vom Zuckerwürfel abfallen, dann schlürft man das Zeug durch den Zucker.«

Ungläubig und gleichzeitig fasziniert wanderte Steffens Blick zwischen Paul Kreitz, dem korpulenteren der beiden, und dem offensichtlich sportlicheren Basti Schreiber hin und her.

»Kein Zweifel, ich bin in der Eifel«, dachte Steffens »Und es fühlt sich gar nicht so schlecht an.«

Er verließ die kleine Gruppe kurz, um zu telefonieren. Die Nummer war auf seinem Handy unter »Favoriten« gespeichert. Der Anblick der auffallend hübschen Frau auf dem Profilbild schmerzte ihn und Steffens zögerte kurz, bevor er dann doch die Wähltaste drückte.

Hallo, hier ist der Anrufbeantworter von Christina Steffens. Sprecht einfach nach dem Piep … piep. Resigniert ließ der Kommissar das Telefon zurück in die Jeanstasche gleiten.

In diesem Augenblick wurde er von Paul Kreitz gerufen: »Hier liegt was. Sieht aus wie der abgerissene Teil einer Kette.«

KAPITEL ZWEI

Zur selben Zeit klingelte in Höfen, einem kleinen Ort in der Nähe von Monschau, Magdas Handy. Magda war damit beschäftigt, für den kauzigen, alten und pflegebedürftigen Mann, der in einem Bett im hinteren Teil des schlichten Bauernhauses sein Dasein fristete, das Frühstück auf einem Tablett zurecht zu stellen. Jeden Morgen derselbe Kampf, ihn davon zu überzeugen, dass Kaffee und Nikotin Gift für ihn wären und er sich doch an die ärztlichen Vorgaben halten sollte.

Der Blick auf den Kalender besänftigte sie. Noch fünf Wochen, dann würde Ewa sie hier ablösen. So war der Turnus, acht Wochen Magda, acht Wochen Ewa, dann wieder acht Wochen Magda und so weiter. Die deutsche Vermittleragentur arbeitete eng mit ihrer polnischen zusammen und so fühlte sich Magda sicher im Haus dieses alten Mannes, der zum Glück bislang nicht übergriffig geworden war. Ein Problem, das einige ihrer Kolleginnen schon dazu gebracht hatte, nur noch pflegebedürftige Frauen betreuen zu wollen. Ein Anruf bei der Agentur hätte genügt, um ihr in einer misslichen Lage zur Seite zu stehen. Aber dazu war es noch nicht gekommen und so verdiente sie hier gutes Geld, das ihr ein gesichertes Auskommen garantierte.

Jeden Morgen kam eine Krankenschwester, um dem Alten eine Spritze gegen seine Schmerzen zu verpassen. Gerade, als Magda das Telefonat entgegennehmen wollte, öffnete sich die Schlafzimmertür und Schwester Marianne verabschiedete sich wortreich von dem gemeinsamen Patienten und auch von Magda. »Heute Abend komme ich noch mal vorbei, heute ist er ja besonders grantig, scheint ihm schlechter zu gehen. Haben Sie Geduld, Mädchen, und vergessen Sie Ihre eigenen Pausen nicht! Tschüss!«

»Ja, tschuss!«, rief sie der wesentlich älteren Krankenschwester hinterher. Das ü machte ihr immer noch Probleme. »Mädchen«, dachte Magda mit verletztem Stolz, »ich habe einen Namen, der klingt ähnlich, warum benutzt die Kuh den nie?«

Ihr Handy klingelte erneut. Sie ging ran und redete in ihrer Muttersprache: »Andrzej, wo bist du? … Haben sie dich gesehen? … Hast du sie verloren? … Scheiße! … Du kannst doch nicht einfach … Und das Geld? … Ja wenn du meinst … Du, der Alte ruft, ich muss auflegen. Ich hab dich lieb!«

»Magda, beste an et dröme? Jet et hü ken Fröhstöck?«, kam es ungehalten aus dem hinteren Raum.

»Entschuldigung, Herr Rader, ich komme sofort!«

»Mein Gott, was redet der? Im Deutschunterricht in Polen habe ich diese Sprache nicht gelernt!«, dachte die junge Frau, beeilte sich aber, das Tablett ins Schlafzimmer zu bringen, nicht ohne mit Sorge an das eben geführte Telefonat zurückzudenken.

Die Morgensonne schien durch die Sprossenfenster in das kleine Bauernhaus und forderte Magda auf, ihren eigenen Kaffee und das Frühstücksbrötchen draußen auf der hinteren Terrasse einzunehmen, mit Blick auf die hügelige Landschaft der Nordeifel mit ihren Viehwiesen und den typischen hohen Hecken, hinter denen sich die kleinen, kargen Eifelhäuschen duckten, wie um sich vor dem rauen Westwind zu schützen.

Magda fröstelte, die Wärme war noch leicht verhalten, aber hier draußen wurden ihre Gedanken klarer als in der engen Wohnküche, die schon lange kein Familienmittelpunkt mehr war. Man konnte der hübschen Frau einiges wegnehmen oder verwehren, aber ihren Stolz nicht!

KAPITEL DREI

Steffens musterte die Fragmente einer Kette, von der man noch nicht mal sagen konnte, ob sie irgendwann ein Handgelenk oder sogar einen schlanken Damenhals geschmückt hatte.

»Die liegt noch nicht lange hier. Wir packen sie vorsichtig ein und dann zu eventuell anderen Fundstücken aus diesem Gebiet.«

Die Kollegen der Spurensicherung und auch die Hundeführer mit ihrer Meute waren mittlerweile vor Ort. Arbeitsreiches Gewusel, das Bellen der Hunde und das Zurufen der suchenden Männer ergaben in ihrer Summe ein geschäftiges Bild und zerschnitten die eigentliche Stille des Waldrandes.

»Fund hier hinten!«, tönte eine sonore Männerstimme zu Steffens herüber. »Ach du Scheiße!«

Aber da war der Kommissar schon bei dem Finder im weißen Schutzanzug und beugte sich über eine stark verweste und schrecklich stinkende menschliche Leiche. Zum Schutz hielt er sich vergeblich ein Papiertaschentuch vor Nase und Mund.

Zeitgleich mit ihm erreichte ein für dieses Waldgebiet viel zu fein gekleideter junger Mann die Stelle und bot Steffens einen Becher mit Kaffee aus seiner Thermoskanne an.

»Kirchfink, hallo Herr Steffens. Ich bin Ihr neuer Assistent aus Monschau. Sie geben ja vielleicht Gas. Noch nicht den Koffer ausgepackt und schon die erste Leiche«, stellte er sich vor und rückte seine Krawatte zurecht.

Der Kommissar nahm ihm den Kaffee ab, roch an dem tintenähnlichen Gebräu und gab dem jungen Mann den Becher zurück. »Nett gemeint, aber seien Sie mir nicht böse, diese Plörre trinke ich nicht.« Dabei konnte sich Steffens einen missbilligenden Blick auf den roten Schlips nicht verkneifen.

»Ah, Kirschfink«, bemerkte er in gepflegtem Kölsch.

»Nein bitte ohne s, nur mit ch«, verbesserte ihn sein neuer Assistent. Dabei machte er den Fehler, einen Blick auf die Leiche zu werfen. Der Gestank war ja schon widerlich und dann noch der Anblick, das war zu viel für den sensiblen Mann. Er musste würgen, drehte sich um und ging mehrere Schritte zurück.

»Ich hoffe, Sie haben noch nicht gefrühstückt!«, rief sein neuer Chef ihm hinterher mit einer Mischung aus Häme und Mitleid.

Allerdings verging ihm dieser Hochmut sehr schnell, als er gewahr wurde, dass der Pathologe, der sich gerade den Weg durch das Dickicht bahnte, kein anderer als Dr. Münster war.

»Ach, Steffens, Sie hier?«, fragte dieser scheinheilig und irgendwie leicht amüsiert.

»Ja, ich hatte auch gehofft, unsere Zusammenarbeit wäre mit meiner Abreise aus Köln beendet«, konterte Steffens.

Dr. Münster hob eine Augenbraue und sah den Kommissar fragend an. »Abreise? Ich würde es eher Flucht nennen.« Und dann wandte er sich endlich der Leiche zu. Steffens kochte innerlich, aber das musste er dem Gerichtsmediziner lassen, Dr. Münster war ein zuverlässiger und kompetenter Fachmann, eine Koryphäe auf seinem Gebiet. Er beobachtete, wie der Arzt nicht nur die menschlichen Überreste, sondern auch die Erde rund um den Fundort begutachtete.

Ungeduldig erwartete Steffens das erste Statement. »Und, können Sie schon etwas sagen?«

»Naja, ganz offensichtlich ist der hier, ich gehe stark von einer männlichen Leiche aus, fast schon gestorben, als hier auf dem hinter uns liegenden Vennbahnweg noch die Dampfloks aus Belgien verkehrten. Aber so lange liegt der noch nicht hier. Verscharrt wurde er, oder was von ihm übriggeblieben ist, hier erst vor kurzem, wenn nicht sogar erst vor wenigen Tagen oder Stunden. Jetzt spielt uns der starke Regen der letzten Zeit einen Streich. Mit ihm sind wahrscheinlich auch wichtige Beweismaterialien buchstäblich den Bach runtergegangen. Das Wetter wurde ja erst heute, quasi mit Ihrer Ankunft besser. Wobei ich immer noch nicht verstehe, warum Sie Ihren Job in Köln als Drogenschnüffler an den Nagel gehängt haben, um hier zum Eifelschimanski zu werden. Nicht, dass es mich was anginge, aber …«

Dr. Münster brauchte seinen Satz erst gar nicht zu Ende zu formulieren, Steffens war für seine Erklärung bereit: »Es geht Sie nichts an, aber was würden Sie denn machen, wenn da, wo bislang Ihre Schuhe standen, jetzt fein säuberlich andere Herrenschuhe ihren Platz gefunden haben? Der Job bei der Kripo ist eben nicht gerade familienfreundlich.«

»Unachtsames Verhalten aber auch nicht«, murmelte Dr. Münster halblaut und machte sich wieder an seine Arbeit.

»Arschloch!«, dachte Steffens und widmete sich seinem Assistenten, der hoffentlich von dieser unschönen Unterhaltung nichts mitbekommen hatte.

»Sorry, ich kann kein Blut und keine Leichenreste sehen. Ich weiß, das sind keine guten Voraussetzungen für meinen Beruf, aber ansonsten liegt mir die Arbeit bei der Kripo wirklich.« Kirchfink schob sich seine Brille zurecht und blickte dem Kommissar gewinnend direkt ins Gesicht. Das brachte ihm bei seinem neuen Chef mehr erhoffte Pluspunkte ein, als die Plörre aus der Thermoskanne von vorhin.

»Steffens, kommen Sie doch morgen zu mir in die Pathologie. Wenn der hier erst mal auf meinem gemütlichen Seziertisch gelegen hat und ich mich würdevoll um ihn kümmern konnte, kenne ich seine Geschichte und kann sie Ihnen weitererzählen«, rief Dr. Münster von hinten.

»In Ordnung«, antwortete er, »ansonsten kennen Sie ja meine Handynummer, die ist unverändert geblieben. Wenn wir also vorher nicht telefonieren, bin ich morgen Nachmittag bei Ihnen.«

Hier war jetzt alles getan und Steffens entschied, nun endlich zu seiner angemieteten Ferienwohnung in der Monschauer Altstadt zu fahren. Dort wollte er Quartier beziehen, bis er eine adäquate, dauerhafte Bleibe gefunden hatte.

Der Kommissar verabschiedete sich von seinen neuen Kollegen, besonders von Kirchfink, mit der Bestätigung, am nächsten Morgen sofort mit der Arbeit zu beginnen. Er bat um die lückenlose Katalogisierung der gefundenen Gegenstände und eventuellen Beweisstücke, um mit dieser Kleinarbeit am nächsten Tag keine Zeit zu verlieren.

Steffens stieg in seinen alten Audi und stellte sich mit Genugtuung vor, wie die bewundernden Blicke seiner neuen Kollegen ihm folgten angesichts eines so schönen, gut erhaltenen Oldtimers.

Ab jetzt konnte er problemlos der Straßenbeschilderung folgen und erreichte Monschau über die Zufahrt an der Glashütte. Sein altes Gefährt verzieh ihm das Kopfsteinpflaster dank der weichen Federung, die sein Großvater damals wegen eines Rückenleidens als sündhaft teures Zubehör hatte einbauen lassen.

Auf den Parkplätzen vor der Glashütte stapelten sich förmlich die Reisebusse und PKW mit unterschiedlichsten Kennzeichen. Offensichtlich beherbergte der flache Bau mit angeschlossenem Parkdeck eine zusätzliche Touristenattraktion, denn die Nummernschilder verrieten die Herkunft aus Belgien, Holland, dem Ruhrgebiet und auch ganz anderen Teilen Deutschlands. Von hier bewegten sich die Besucherinnen und Besucher anschließend in die Monschauer Altstadt, die schon von je her mit ihren alten Fachwerkhäusern ein Publikumsmagnet gewesen war.

Der Talkessel wird von der Rur durchteilt, die als rauschendes Wildwasser zahlreiche Kanufahrer anlockt. Besonders jedes Jahr Mitte März treffen sich die Wassersportler mit ihren Paddelbooten, um nach halsbrecherischer Fahrt in Monschau die Durchfahrt am Favoritentöter vor den begeisterten Zuschauern zu genießen. Dann steht ganz Monschau Kopf und die gesamte Stadt feiert mit ihren Gästen und Fangemeinschaften die tollkühnen Sportlerinnen und Sportler, die triefendnass nach zahlreichen, teils atemberaubenden, gefährlichen Manövern und Eskimorollen ihre Boote am Ende des Rosenthals verlassen und wieder festen Boden unter den Füßen spüren.

Oberhalb der Stadt thront die mittelalterliche Burg, heute eine Jugendherberge und Austragungsort verschiedener Konzerte.

Steffens hatte sich über Monschau und seine Attraktionen informiert, bevor er sich darauf eingelassen hatte, hier einen Neuanfang zu wagen.

KAPITEL VIER

Der Kommissar fand die kleine Wohnung ohne Probleme. Um den Schlüssel abzuholen, klingelte er wie verabredet gegenüber auf der anderen Seite des Marktes, unmittelbar neben dem Weihnachtshaus, wo das ganze Jahr über Weihnachtsmänner, Engel und Nikoläuse im Schaufenster ihre Bahnen auf vorgefertigten Schienen drehten oder um die Wette mit den Köpfen nickten und mit Kunstschnee überhäuft wurden, der aus einem Himmel unterschiedlichster bunter Weihnachtskugeln fiel.

»Ich fass es nicht«, dachte Steffens, nachdem er einen Blick in die überfüllte Auslage des Geschäftes geworfen hatte. »Das ist ja völlig abgefahren so mitten im Frühling.«

Er holte nun schnell den Schlüssel, um endlich in den eigenen Vierwänden einen Hauch von Ruhe zu bekommen. Als Anlieger durfte er mit dem Auto in die historische Stadt fahren und als Anwohner hatte er sogar einen Parkplatz in der Nähe, ohne dass er das Parkhaus benutzen musste. Erst viel später lernte er dieses Privileg schätzen. Jetzt konnte er ohne Hast die beiden Koffer auspacken, seine Habseligkeiten ordentlich in einem Kleiderschrank und zwei Kommoden mit Schubladen unterbringen.

Die Wohnung war zweckmäßig und geschmackvoll eingerichtet, eine Kunst, die nicht von allen Vermietern beherrscht wird. Umso mehr genoss der Kommissar, dass er nicht in irgendeiner Absteige gelandet war. Immerhin konnte er nun eine zweckmäßige Küche, ausgestattet mit allen wichtigen Dingen, ein behagliches, kleines Wohnzimmer und ein Schlafzimmer mit Doppelbett sein Eigen nennen. Was sein prüfender Blick erfasste, stimmte ihn zufrieden, mit so viel Gemütlichkeit hatte er nicht gerechnet. Steffens freute sich.

Die Polizeiarbeit am frühen Morgen hatte mehr Zeit gekostet, als der Kommissar gedacht hatte. Als er sich dessen bewusst wurde, verspürte er einen Riesenhunger. Also machte er sich schnell frisch und verließ das Appartement wieder, um etwas Essbares zu finden.

Er bummelte durch die engen Gassen und staunte nicht schlecht, wie gut erhalten und gepflegt diese kleine Stadt Monschau war. Die unversehrten Fachwerkhäuser lehnten sich förmlich aneinander, als ob sie so gemeinsam ein Umkippen vermeiden wollten. Teilweise waren die Balken so schief und unförmig, dass man tatsächlich eine Instabilität vermuten könnte, aber weit gefehlt, die Bauten hielten Stand.

Der kleine Fluss, die Rur ohne h, rauschte wie eh und je durch die Stadt und erzählte dem interessierten Touristen die Geschichte der alten Tuchmacherdynastie. Steffens überquerte das Wasser an seiner breitesten Stelle. Er benutzte die Brücke gegenüber der alten Evangelischen Kirche, bevor er voller Respekt vor dem Roten Haus stehen blieb und die Fassade betrachtete. Hier hatte 1752 der Tuchmacher Scheibler sein Domizil, Wohnhaus mit Kontor, gebaut und heute erstrahlte das wunderschöne Haus einladend zu einem Museumsbesuch. Steffens konnte sich der Faszination nicht entziehen. Er schrieb die Besichtigung dieses Kleinods auf seine imaginäre To-Do-Liste. Die Sonne tauchte alles in ein warmes Licht.

»Das hätte Christina auch gefallen«, dachte er unweigerlich und startete einen neuen Versuch, sie per Handy zu erreichen, hatte aber kein Glück. Schon wieder meldete sich nur dieser blöde Anrufbeantworter.

»Was soll das?«, murmelte er verärgert und unverständlich.

Also ging der Kommissar gedankenverloren und von Hunger getrieben weiter leicht bergauf entlang des Flusses, an dem sich immer noch drehenden Wassermühlrad vorbei und fand kurz vor dem Markt ein Stehcafé einer Bäckereikette. Als er durch das Schaufenster ins Innere blickte, entdeckte er seinen neuen Assistenten Kirchfink, der an einem der Tische stand und gerade von einer höchst attraktiven Mitarbeiterin mit einem Kaffee versorgt wurde.

»Na, wenn das mal kein Zufall ist«, begrüßte Steffens den völlig verdutzt dreinschauenden Kirchfink. »Hier frühstücken Sie also öfter, nehme ich an. Na, bei so einer sympathischen Bedienung ist das ja auch verständlich.«

Die attraktive Bedienung hatte die letzten Worte gehört und schüttelte den Kopf angesichts dieser billigen Anmache, die ursprünglich gar keine hatte sein sollen.

Steffens bestellte einen Kaffee Creme und die heutige Tagessuppe mit Brot.

»Komische Kombi, ich weiß, aber ich hatte eine Scheißnacht und einen heftigen Start in meiner neuen Welt, wie Sie ja wissen«, entschuldigte er sich bei Kirchfink. Für was, wusste Steffens selber nicht.

»Schon in Ordnung, Chef«, antwortete sein Assistent höflich und steckte dann das lange Ende seiner Krawatte zwischen dem dritten und vierten Knopf ins Hemd, damit sie nicht auf sein Marmeladenbrötchen baumeln konnte. Bevor Kirchfink die Brille zurechtrückte, wischte er sich die Finger an der kleinen Papierserviette mit dem Logo der Bäckereikette ab.

Steffens wurde daran gehindert, eine blöde und in diesem Moment auch falsche Bemerkung machen zu können, denn seine Suppe wurde gebracht. Er blickte der Angestellten hinterher.

»Ja, die mag jeder«, entlarvte Kirchfink seinen Chef, dem das aber in keiner Weise peinlich war.

»Und Sie auch, oder sind Sie schon verheiratet und haben Kinder?«

»Nee, weder noch, ich bin Single. Wer will denn schon mit einem Kripobeamten liiert sein? Viel zu unregelmäßige Arbeitszeiten, viel zu stressig für eine Beziehung.«

»Da sagen Sie was«, stimmte Steffens zu und sein Blick wurde kurz leicht verhangen.

»Nicht jetzt!«, ermahnte er sich selber. »Nicht hier und nicht jetzt!«

»Schwul?«, fragte er, mehr um sich abzulenken.

»Nein, das nun auch nicht«, antwortete Kirchfink mit einem schnaubenden Lacher. »Die Richtige ist einfach noch nicht vorbeigekommen.«

Beide beobachteten die Bedienung, die schnell und routiniert sowohl den Dienst hinter der Verkaufstheke als auch zwischen den Stehtischen meisterte.

»Heute ist es ja eher ein verfrühtes Mittagessen, aber nach der Revolte in meinem Bauch beim Anblick der Leiche hilft nur Marmelade.« Verlegen kam der Assistent nochmal auf seine offensichtliche Schwäche zu sprechen: »Vielleicht lernt man das ja, aber zum Glück gab es hier noch nicht so viele Morde.«

Steffens strich sich gedankenverloren über die Bartstoppeln. »Lernt man das wirklich?«, dachte er. »Und der Bart muss ab.«

Kirchfink sah seinen Chef erwartungsvoll, eine Antwort einfordernd, an, Steffens wiederum blickte seinem Assistenten gönnerhaft und aufmunternd ins Gesicht. Beide Männer schwiegen und hatten doch alles gesagt.

»Leichen gibt es hier wohl nicht so oft«, nahm Steffens den Faden wieder auf. »War wohl ein Highlight heute.«

»Nee, tatsächlich ist das Einfangen von ausgebüxtem Vieh um einiges häufiger. Aber damit kenn ich mich aus. Wir mussten als Kinder oft mit Stöcken bewaffnet die Kühe von der einen Weide über die Straße zur anderen treiben. Na ja, und es gibt meistens in den Sommermonaten die Motorradraser. Die lieben unsere Haarnadelkurven hier in der Nordeifel, unterschätzen die aber leider nicht selten.«

Schon wieder schluckte der Kommissar alle Bemerkungen runter und übte sich im Schweigen. Stattdessen dachte er an die Drogendelikte, die Übergriffe auf Obdachlose, die Geldwäsche in den angesagten Puffs, die Einbrüche oder die wesentlich kleineren Ladenhausdiebstähle und die organisierte Kriminalität, die ihn als LKA-Beamten immer wieder auf den Plan gerufen hatten.

»Weiß der normale Kölner eigentlich, dass Kühe von einer zur anderen Weide mit Stöcken getrieben wurden unter Mithilfe der Dorfjugend?«, vervollständigte Steffens seine Gedankengänge.

»Warum haben Sie Köln eigentlich verlassen«, wagte sich Kirchfink ohne es zu ahnen auf gefährliches Terrain. »Frauen?«, ging er noch einen Schritt weiter. »Sie haben da vorhin so eine Bemerkung gemacht …«

»Dann haben Sie ja doch die kurze Begrüßungsansprache zwischen Dr. Münster und mir mitbekommen. Ja, Frauen und meine Art, mit der ich mir wohl nicht nur Freunde gemacht habe. Mehr gibt es wohl zurzeit nicht dazu zu sagen«, antwortete Steffens etwas zu schroff und griff sich schon wieder an den Bart.

»Wir hatten hier übrigens mal einen Bürgermeister, der hieß Steffens«, versuchte Kirchfink das Gespräch nach einer unangenehmen Pause nicht einschlafen zu lassen. »Ganz plötzlich und ohne Vorankündigung musste der sein Amt aufgeben. Keiner weiß wirklich warum. Haben Sie was mit dem zu tun?«

»Keine Ahnung.« Steffens zuckte mit den Schultern, ging aber auch gerne diesem Gedanken nach. »Ist schon jeck, so eine Namensgleichheit«, meinte er, seinem Assistenten zugewandt. Dieser war aber gerade mit seinem Handy beschäftigt. Kirchfink hatte eine Whatsapp bekommen.

»Als Stammkunde habe ich das Passwort für das WLAN hier.« Er zwinkerte der Bedienung zu, die den Blick auffällig strahlend erwiderte. »Die Kollegen sind im Wald jetzt fertig und fahren zum Präsidium zurück. Sollen wir nicht doch schon heute mit der Arbeit beginnen und auch dazukommen? Von hier aus kann man die Dienststelle sehr easy zu Fuß erreichen.«

Kirchfink griff nach seinem Trenchcoat und Steffens nach seiner Lederjacke, die viele Spuren der letzten Jahre auf ihrer Außenseite zur Schau stellte. Steffens zahlte, die beiden ungleichen Männer mit demselben Beruf verließen die Bäckerei und machten sich bei strahlender Mittagssonne auf den Weg zum Präsidium im historischen Gebäude, in dem auch die Stadtverwaltung untergebracht war.

Auf dem Weg dorthin realisierte Steffens den drastischen Unterschied zur Großstadt Köln. Keine hupenden Autos, keine quietschende Straßenbahn, kein Rempeln und keine roten Ampeln, keine großen Kaufhäuser. Da konnte man sich die Kuhtreiber schon ganz gut vorstellen.

Völlig entschleunigt stellte sich das Leben in Monschau dar, gäbe es da nicht die Aufgabe, einen Mord aufzuklären.

KAPITEL FÜNF

Steffens und Kirchfink erreichten gleichzeitig das alte Backsteingebäude mit der Blausteintreppe, die der ehemalige Zehnkämpfer Steffens locker, immer zwei Stufen nehmend, hinaufging, während Kirchfink bewusst langsamer – der Rangfolge entsprechend – hinaufstieg. Im Inneren des Hauses musste er seinem neuen Chef ja sowieso den Weg zeigen.

Oben im Kommissariat warteten Paul Kreitz und Basti Schreiber, die beiden Uniformierten von heute Morgen. Die zwei hatten schon eine Wette abgeschlossen, ob der Neue noch mal einen Kuchen zum Einstand spendieren würde, oder ob es das jetzt gewesen war, heute früh.

»Eigentlich war der doch voll in Ordnung«, meinte Basti Schreiber.

»Ja schon, aber irgendwas stimmt nicht mit dem«, konterte Paul Kreitz. »Wer verlässt denn freiwillig das Drogendezernat …«

Weiter kam er nicht, denn Kirchfink öffnete schwungvoll die Tür und beendete somit die Unterhaltung. Er hatte die letzten Worte noch mitbekommen und bedeutete den beiden Männern, still zu sein, indem er sie strafend anblickte und fast unmerklich mit dem Kopf schüttelte. Eigentlich hätte Kirchfink jetzt selber gerne mit seinen vertrauten Kollegen diese neue Situation besprochen, aber das mussten die drei wohl auf einen späteren Zeitpunkt verschieben.

Steffens betrat sichtlich verstimmt wegen des Ambientes des Gebäudes das schlichte Büro und sah sich ungläubig in dem karg eingerichteten Raum um. Er nickte den beiden Männern zu und fragte leicht verschnupft: »Aber Internet habt ihr hier, oder?« Dabei wanderte sein Blick von der in die Jahre gekommenen Kaffeemaschine über die Orchideenzucht auf den beiden Fensterbänken hin zu den ungemütlichen Drehstühlen vor den beiden abgewetzten Holzschreibtischen, helle Eiche, die allerdings von modernen Monitoren dominiert wurden. Sofort hatte er realisiert, dass die Anzahl der Mitarbeiter höher war, als die der Arbeitsplätze und sein ultramodernes Büro in Köln kam ihm schmerzlich in den Sinn.

Paul Kreitz bemerkte als erster, dass er die Wette gewonnen hatte, Steffens kam mit leeren Händen. Es gab keinen neuen Kuchen. Das brachte ihm als Wetteinsatz immerhin ein Fässchen Kölsch ein. Auch nicht schlecht.

Basti Schreiber hingegen machte seiner Enttäuschung Luft: »Schade, Wette verloren, es gibt keinen neuen Kuchen.«

Der Kommissar überhörte die Bemerkung beflissentlich.

»Ihr wisst ja alle, dass ich der Neue bin. Zum Anfang sofort mit einer Leiche aufwarten zu können, halte ich für einen besonders gelungenen Einstand, der eigentlich nicht zu toppen ist. Es wird also den Kuchen erst bei erfolgreicher Lösung des Falls geben.« Mit Blick auf die antiquierte Kaffeemaschine ergänzte er: »Allerdings werde ich mich um einen Kaffeeautomaten bemühen, entweder, er wird uns von oben bewilligt, oder ich kaufe ihn selber. Tinte ist zum Schreiben und nicht zum Trinken und Tee ist was für Kranke!«

Damit hatte er die Mitarbeiter vorerst beruhigt und konnte sie auf die neue Gangart einstimmen.

»Als erstes brauche ich einen eigenen Schreibtisch, der dann wirklich nur für mich ist, am besten noch in einem eigenen Büroraum! So kann man doch nicht arbeiten! Wo gibt es hier den Techniker, der diesen, meinen Platz mit der nötigen Hard- und Software einrichtet? Ist noch eine Telefonnummer in der Anlage frei, die dann meine Durchwahl wird? Wenn nicht, müssen Sie sich hier eine teilen, ich brauche eine eigene, über die man mich direkt erreichen kann.«

Die Männer wurden unruhig. Der Kommissar zog die Zügel an, damit hatten sie nicht gerechnet.

»Bis morgen brauche ich den Halter des Fahrzeuges, das da so verlassen in der Gegend rumstand! Kirchfink, übernehmen Sie das!«

Sein Assistent nickte mit dem Kopf, setzte sich postwendend an einen der beiden Schreibtische und legte los.

Mit konzentriertem Blick forderte Steffens die beiden Streifenpolizisten auf, die Fundstücke, die sie vom Tatort mitgebracht hatten, zu ordnen und zu fotografieren. Danach sollten sie die ausgedruckten Fotos an der Pinnwand so aufkleben, dass man eine Vorstellung davon bekommen konnte, welchen Abstand sie zu dem Fundort der Leiche gehabt hatten.

»Ich fahre jetzt doch heute schon nach Aachen zur Rechtsmedizin, mal sehen, was Dr. Münster bislang alles über die Leiche rausgekriegt hat. Wichtig ist auch noch, ob wir irgendwas zu der gefundenen Goldkette in Erfahrung bringen können. Wir sehen uns morgen um punkt neun Uhr hier zur Besprechung wieder, bis dahin wissen wir wohl alle mehr. Frohes Schaffen!«

Steffens verließ das Büro fast fluchtartig, froh, diesem Heimatmuseum entrinnen zu können, und drei Mitarbeiter, die den Wind of Change so nicht erwartet hatten, die aber zugegebenermaßen auch noch nicht in einem Mordfall verwickelt gewesen waren und wohl kaum ermessen konnten, wie wichtig es war, möglichst zeitnah Fahndungserfolge zu verbuchen, sahen sich betreten an.

Immer zwei Stufen nehmend spurtete der immer noch sportliche Kommissar die Treppe hinunter, machte draußen einen schnellen Flickflack über die hüfthohe Bruchsteinmauer, erreichte so den Bürgersteig und ging zügig zu seinem Auto, das nach dem Auspacken noch immer vor dem Haus seiner Ferienwohnung stand.

Er verließ Monschau Richtung Norden, nahm die Serpentinen, die ihn steil nach Imgenbroich führten und über Konzen, Roetgen und die Monschauer Straße, an der Autobahnauffahrt vorbei, erreichte er Aachen. Zum Glück war das Klinikum ausgeschildert. Er folgte ab dem Aachener Süden den Hinweisschildern und spürte in Anbetracht des hektischeren Lebens sofort die Sehnsucht nach einer größeren Stadt. Steffens nahm sich vor, je nachdem, wie lange sein Besuch bei Dr. Münster dauern würde, noch einen Abstecher in die Innenstadt zu machen.

Jetzt musste er aber erst einmal auf dem überfüllten Parkplatz eine Lücke finden. Irgendwann war auch das geschafft. Er griff hinter sich, um die Lederjacke von der Rückbank zu klauben, sicherte sein Auto mit einer Wegfahrsperre am Lenkrad, die aussah wie ein Krückstock und verriegelte auch beide Türen gewissenhaft. Schließlich gab es keine Zentralverriegelung.

Danach erreichte er ohne große Umschweife, natürlich im Keller, die gerichtsmedizinische Pathologie. Widerwillig durchschritt er den langen, neonbeleuchteten Flur, öffnete die giftgrün gestrichene Metalltür und fing unweigerlich an zu frösteln. Und das nicht nur, weil es in dem großen Sezierraum, der praktischerweise direkt neben dem Präparationszimmer für Studenten lag, die dort an Leichenteilen ihre ersten chirurgischen Erfahrungen sammeln konnten, kühl sein musste, sondern auch, weil Dr. Münster mit seinem schrägen Humor schon beinahe lauernd auf den Kommissar wartete. Wie konnte er sich nur wappnen?

KAPITEL SECHS

»Hallo, Herr Kommissar. Welch hoher Besuch! Und dann schon heute! Na, haben Sie die letzten paar Stunden, pardon, Ihre ersten paar Stunden in Monschau schon nutzen können, um sich bei den Denkern und Lenkern der Eifel unbeliebt zu machen?«

Genau das war es, was Steffens jetzt nicht gebrauchen konnte. Dieser hochnäsige Sarkasmus brachte ihn auf die Palme. »Ach, scheiße, ich hatte mir gewünscht, wenn ich Köln endgültig den Rücken zuwende, von Ihrer Art Humor befreit zu sein«, gab er sauer zurück. »Stattdessen treffe ich Sie sofort am ersten Tag. Wurden Sie etwa strafversetzt?«, versuchte er zurück zu schießen, erreichte bei dem Pathologen aber genau das Gegenteil.

Missbilligend musterte Dr. Münster den Kommissar. Er kannte dessen Kompetenzen, aber auch das Temperament, mit dem Steffens sich in Köln nicht nur Freunde gemacht hatte. Es war offensichtlich, dass er nicht wirklich gerne in die Eifel umgezogen war, aber aus persönlichen Gründen wohl keine andere Wahl gehabt hatte. Beinahe tat Steffens ihm leid. Mal sehen, wie sich die weitere Zusammenarbeit gestalten würde.

Dr. Münster lenkte ein und sah den Kommissar fast freundlich an, als er ihn mit einer großzügigen Geste an den Seziertisch bat. Ein schneeweißes, gestärktes Laken bedeckte die offensichtlichen Umrisse eines menschlichen Körpers. An Fürsorge grenzend hob er vorsichtig den Stoff am Kopf des Körpers hoch, den Rest ließ er bedeckt.

Der Gestank steigerte sich ins Unermessliche.

Schwarze Latexhandschuhe schützten seine Hände und damit auch die menschlichen Überreste auf dem Edelstahltisch. Ein mittelgrüner OP-Kittel verdeckte die Kleidung des Pathologen. Keine noch so kleine Faser durfte den zu untersuchenden Körper erreichen.

»Gibt es Ihrerseits schon Erkenntnisse über den Eifelötzi«, fragte Steffens, wohl wissend, dass Dr. Münster mit den ihm anvertrauten Leichen immer sehr respektvoll umging. Er war bemüht, den Körpern auf seinem Untersuchungstisch trotz der hässlichen Situation ihre Würde zurückzugeben, die ihnen durch ein Verbrechen genommen worden war. In einer schwachen Minute hatte er dem Kommissar einmal erzählt, dass er sich sogar mit seinen Gästen aus den Kühlschubladen unterhält.

»Eifelötzi ist gut«, lachte Dr. Münster, »dieser alte Herr hier konnte mir tatsächlich jede Menge erzählen.«

Interessiert betrachtete Steffens das verschrumpelte Gesicht des Toten. »Der sieht irgendwie anders aus als die Leichen, mit denen ich es sonst zu tun hatte«, bemerkte er ein wenig nachdenklich.

»Stimmt«, antwortete Dr. Münster. »Der hier wurde nämlich einbalsamiert. Die alten Ägypter beherrschten diese Kunst bekanntlich ja ganz besonders, beim Ötzi hat das Eis die Aufgabe übernommen und den Körper einfach tiefgekühlt. Dieser arme Mann wurde ziemlich dilettantisch behandelt.«

Der Kommissar blickte ungläubig auf den Fachmann vor dem Seziertisch. »Sie wollen damit ausdrücken, der tote Körper wurde bewusst in einen Zustand der Nichtverwesung gebracht?«

»Ja, so kann man das ausdrücken. Diese verlangsamte Verwesung ist auf der einen Seite für mich als Pathologe eine Vereinfachung, weil offensichtliche Merkmale noch gut zu erkennen sind, auf der anderen Seite macht es die Identifizierung und das Feststellen des Todeszeitpunktes schwieriger. Ich kann Ihnen sofort beweisen, dass wir vor den sterblichen Überresten eines Mannes stehen.« Wie zur Untermauerung seiner These hob er das Tuch in der Mitte des Körpers hoch und ließ den Kommissar einen flüchtigen Blick darunter werfen. Steffens schluckte, aber bevor er etwas sagen konnte, ließ Dr. Münster das Tuch wieder vorsichtig fallen.

»Ist er eines natürlichen Todes gestorben?«

»Nein, ist er nicht.« Jetzt lüftete Dr. Münster das Tuch in Höhe des Brustkorbes. Zwei Klemmen spreizten die Rippen in Höhe des Herzens auseinander. »Hier kann man deutlich zwei saubere Einstiche direkt in die Pumpe sehen. Zack, das war es. Der Gesichtsausdruck des alten Mannes ist noch immer irgendwie zu deuten. Ich finde, er guckt überrascht, aber nicht schmerzverzerrt. Also ist das Ganze schnell gegangen, ohne unnötiges Gemetzel.«

»Zweifellos wieder ein Vorteil der Konservierung«, ergänzte Steffens, jetzt ganz der Spürhund, der Witterung aufgenommen hat.

»Das große Rätsel ist allerdings: Wo wurde der Mann ermordet. Er möchte nicht mit mir darüber reden. Ich muss es selber rauskriegen. Am Fundort seiner Leiche jedenfalls nicht.«

»Wie alt schätzen Sie ihn?«

»Über siebzig würde ich sagen, vielleicht fünfundsiebzig, aber viel älter nicht. Von den mikrobiologischen Untersuchungen unseres Labors verspreche ich mir noch mehr Erkenntnisse. Der alte Herr hier hüllt sich ansonsten in Schweigen. Er hatte ja auch einen anstrengenden Tag. Am besten, ich werde ihn jetzt in seine ihm zugewiesene Schublade zurückbetten. Wenn ich was Neues weiß, rufe ich Sie an. Ihre Handynummer hat sich ja nicht geändert«, nahm Dr. Münster Bezug auf das kurze morgendliche Gespräch im Wald.

Bei der Verabschiedung blickten sich die beiden Männer in die Augen. Auch wenn sie immer wieder den Drang verspürten, sich gegenseitig irgendwie zu ärgern, die jeweilige Fachkompetenz wussten beide zu schätzen und das erleichterte den nötigen Respekt voreinander.

Steffens hatte keine Lust, sich länger als nötig in diesem kühlen Raum aufzuhalten. Also wartete er erst gar nicht ab, bis Dr. Münster den Körper in der dafür vorgesehenen Schublade im Kühlregal verstaut hatte, sondern ging zügig durch den langen Kellerflur zurück. Die Abendsonne begrüßte den Kommissar auf dem großzügigen Vorplatz des Klinikums. Zum Glück stand der Eismann noch mit seiner mobilen Verkaufskiste am Ende des Platzes. Auf dem Weg zu seinem Auto ließ der Kommissar sich drei Kugeln Aachener Printeneis schmecken.

Wieder an seinem Auto angekommen, versuchte Steffens noch einmal, Christina zu erreichen. Natürlich ohne Erfolg.

Sein treues Auto startete dagegen ohne Probleme und der Kommissar lenkte es über die Vaalser Straße in Richtung Innenstadt. Endlich wieder die Geräusche einer lebendigen Stadt. Das Seitenfenster hatte er heruntergekurbelt und ließ sich die Haare vom Fahrtwind neu stylen. Er bog in den Alexianergraben und parkte in einer Lücke unter den hohen Bäumen. Instinktiv fand Steffens den Weg zum berühmten Aachener Dom und betrachtete dessen Südfassade ehrfürchtig. Auf dem vorgelagerten Münsterplatz fand er einen freien Tisch in einem Außencafé, von wo aus er die vorbeigehenden Menschen in Ruhe beobachten konnte und mal einfach an gar nichts dachte, glaubte er zumindest. Ohne dass er es wollte, verglich er plötzlich die drei Städte Köln, Aachen und Monschau miteinander, kam aber zu keinem Ergebnis. Das Schild eines echten Barbiers fiel ihm ins Auge und Steffens fasste einen Entschluss. Er zahlte seinen Cappuccino und ging zu dem gerade entdeckten Geschäftslokal, das eben eigentlich im Begriff war zu schließen. Steffens hatte Glück, der Besitzer hatte noch Zeit und so ließ er sich seinen Dreitagebart abrasieren.

»Du Kummer?«, fragte der türkische Frisör. »Ist wie bei Frauen, andere Frisur gleich anderer Mann. Bei Mann ist anders, Mann sagt das mit Bart.« Dabei lächelte er aufmunternd und Steffens konnte blitzweiße Zähne sehen.

KAPITEL SIEBEN

Die erste Nacht in der neuen Übergangswohnung war erstaunlich gut gewesen. Vielleicht lag es ja am Bier, das ihm die aufmerksame Vermieterin in den Kühlschrank gestellt hatte. Jedenfalls verließ Steffens das Haus wohlgestimmt und erreichte zu Fuß in wenigen Minuten das Polizeipräsidium. Hier herrschte schon emsiges Treiben. Ein Streifenwagen verließ gerade den Parkplatz, Fußgänger überquerten die Straße um in das Bürgeramt zu gelangen und ein Bus fuhr von oben kommend an ihm vorbei, um dann am Parkhaus weiter unten die Endstation dieser Fahrt zu erreichen. Angesichts dieser Idylle fühlte er sich an ein Bilderbuch erinnert, obwohl die knallharten Fakten keineswegs die heile Welt aufzeigten.

Oben warteten drei Mitarbeiter auf ihn, mit denen er zusammen einen Mord aufklären musste. Sein Arbeitsplatz war eine regelrechte Nullnummer, die von einer versifften, uralten Kaffeemaschine gekrönt wurde. Dabei hatte er doch gestern in Monschau eine kleine Kaffeerösterei gesehen. Außerdem musste er mit Dr. Münster kooperieren, den er am liebsten in die Kölner Kiste sperren würde, in der schon die anderen aus dieser Zeit lagen und in die er wohl auch so langsam seine Christina verbannen musste.

Der Aufstieg zur Polizeiwache holte ihn in die Wirklichkeit zurück. Schon auf dem Weg dorthin war es ihm nicht entgangen, dass der Pförtner in seiner Loge ihm einen erstaunten Blick zugeworfen hatte.

Okay, er war der Neue, aber jetzt war er der Neue ohne Bart!

Steffens öffnete die Bürotür um kurz vor neun Uhr. Seine Mitarbeiter waren schon da und hatten offensichtlich seine Anweisungen erfüllt. An der oberen kurzen Seite des rechteckigen Raums war die Pinnwand mit Fotos von der Leiche, deren Fundort, der kaputten Kette und sogar einer Landkarte bestückt worden. Die drei Männer hatten jeder einen Becher Kaffee in der Hand. Beim Eintreten des Chefs gingen ihre Blicke zur Tür und alle vier sagten gleichzeitig: »Guten Morgen.« Den angebotenen Kaffee lehnte der Kommissar ab und wünschte sich mal wieder einen Kaffeevollautomaten, wie der in Köln.

»Ähm, irgendwas ist anders. Sie haben sich verändert«, bemerkte Kirchfink als erster.

»Der Bart ist ab, vielleicht hilft´s ja«, antwortete Steffens. »Man sagt, Frauen machen das mit der Frisur und Männer mit dem Bart«, zitierte er den philosophischen Barbier.

»Was?«, fragte Paul Kreitz

»Na, den äußeren Ausdruck einer gravierenden Veränderung.«

»Ach so.«

Jetzt standen die vier Männer also gemeinsam vor der Pinnwand und versuchten diesem Teil irgendeine Antwort abzuringen. »Was haben wir?«, stellte der Chef des Ermittlerteams die vorhersehbare Frage.

»Nicht wirklich viel. Die Kette lässt sich nicht zuordnen und es ergeben sich ernsthafte Zweifel, ob die überhaupt in einem Zusammenhang mit der Tat steht. Die Spuren darauf sind jedenfalls unbrauchbar«, antwortete Paul Kreitz, der dieses Schmuckstück selber gefunden hatte. »Dennoch würde ich es erst mal an der Pinnwand lassen.«

»Was ist mit dem Zeugen? Sollten wir den noch mal überprüfen?«

»Sie meinen, Zeuge gleich Täter, wie so ein Feuerteufel, der immer als erster am Brandort ist?«, fragte Kirchfink.

»Ja, so oder so ähnlich könnte man das ja auch mal sehen.«

»Nee, nee, nee«, antwortete der deutlich jüngere Basti Schreiber. »Das ist mein alter Lehrer vom Gymnasium in Vossenack. Der hat die weißeste Weste, die man sich vorstellen kann. Noch nicht mal nen Strafzettel auf dem Kerbholz und als Lehrer eigentlich immer korrekt. Der gehörte eindeutig zu den netteren seiner Spezies. Das würde nicht passen! Aber was ergab denn Ihr Besuch bei Dr. Münster?«

»Noch nichts, womit wir wirklich arbeiten können«, antwortete Steffens. »Aber doch schon sehr Erstaunliches, was wir vielleicht später deuten können.«

Die drei horchten auf, als Steffens ihnen von der offenbar dilettantischen Art der Haltbarkeitsmachung erzählte. »Ja, offensichtlich hat hier jemand versucht, die Leiche einzubalsamieren, hat aber nicht geklappt, und wenn wir sie nicht gefunden hätten, wäre das Haltbarkeitsdatum komplett überschritten worden. Dann wäre es für Dr. Münster nicht mehr so einfach gewesen, mal eben locker das Tuch zu lüften, damit auch ich erkenne, dass wir es hier mit einer männlichen Leiche zu tun haben.«

Paul Kreitz stöhnte auf: »Das ist ja widerlich!«, und auch Kirchfink und Basti Schreiber gaben entsprechende Töne von sich und wandten sich theatralisch ab.

»Stimmt! Ich hätte auch gerne drauf verzichtet«, gab Steffens zu. »Fakt ist, die Leiche ist eindeutig männlich, zwischen siebzig und fünfundsiebzig Jahre alt und wurde durch zwei glatte Stiche mitten ins Herz getötet. Allerdings nicht dort, wo wir sie gefunden haben. Da hat man sie erst später abgelegt. Das war´s. Mehr weiß der gute Münster auch noch nicht.«

»Muss ja ein toller Nachmittag gewesen sein«, konnte sich Basti Schreiber nicht verkneifen.

»Was ist denn mit dem Auto?«, wandte sich Steffens kommentarlos an seinen Assistenten.

»Der Wagen ist auf eine gewisse, in Danzig geborene Polin zugelassen, die in einem Einsiedlerhof bei

Höfen den alten Rader pflegt. Nach unseren Unterlagen besteht der Zeuge aber darauf, dass er eindeutig einen Mann beobachtet hat, groß und stämmig. Die Frau heißt Magda Stoyczek.«

»Die schauen wir uns an. Kirchfink, Sie kommen mit. Hier!«, Steffens warf Kirchfink den Schlüssel des zweiten Streifenwagens zu. Sein Assistent schnappte geschickt, grinste, griff nach seinem Trenchcoat und folgte seinem Chef stehenden Fußes ins Treppenhaus. Natürlich lauerte das weiße T-Shirt aus Steffens Jeans, während er die Treppe im Affenzahn runterlief, die Lederjacke wippte bei jeder Stufe. Aber auch Kirchfink war durchtrainiert und kam gleichzeitig unten am Parkplatz an.

Oben tönte lautes Gelächter aus dem Büro. Paul Kreitz und Bast Schreiber hatten ihren Spaß.

Kirchfink lenkte den Streifenwagen zügig über die Umgehungsstraße am Vennbad und am Campingplatz vorbei in Richtung Höfen. Steffens war ein guter Beifahrer. Er störte den Fahrer nicht, nahm die wirklich schöne Landschaft der Nordeifel wahr und hörte zu. Saftige Wiesen, schwarz-weiße Kühe, vereinzelte Pferde. Alte, kleine Häuser hinter meterhohen Buchenhecken, in die die Bewohner der dahinterliegenden Häuser Torbögen und Fenster geschnitten hatten, um Licht zu bekommen. Was für eine gute Idee. Steffens lernte, dass diese uralten Hecken besonders geschützt waren und ihre Besitzer für den Erhalt finanzielle Hilfe beantragen konnten.

»Und hier sind Sie aufgewachsen?«

»Ja, gleich hier um die Ecke in Widdau. Zwanzig Häuser und eine Kneipe …«

»Und jede Menge Kühe, die die Straßenseite wechseln mussten«, ergänzte Steffens lachend. »Klingt ja nach einer ereignisreichen Zeit.«

»Tatsächlich, Chef! Wer einmal vom Eifelvirus infiziert wurde, kommt davon nicht mehr los. Während der

Ausbildung zum Kriminalbeamten war ich ein halbes Jahr in Berlin. Furchtbar so eine Stadt, nichts für mich.« Dabei schüttelte Kirchfink heftig mit dem Kopf. »War ich froh, als ich wieder zurück war. Wissen Sie Chef, so übel war das hier gar nicht. Einmal, Moment wann war das, beim Sternmarsch von Eicherscheid, oder, nee doch nicht, war bei der Paustenbacher Kirmes, oder doch beim …«

»Kirchfink, nein!«, unterbrach ihn Steffens in einem Ton, als wollte er einem Hund einen Befehl geben. »Bitte keine spannenden Jugenderinnerungen!« Konsterniert hielt Kirchfink sofort den Mund. »Was hatte der Kölner denn? Das war doch so eine lustige Geschichte gewesen«, dachte der Assistent.

Zum Glück hatten die beiden Männer die Zufahrt zu dem Einsiedlerhof erreicht, der schon ewig vom Altbauern Rader bewohnt und früher auch bewirtschaftet worden war.

Die alte, feinkörnige Kiesschicht knirschte leise unter den Rädern des Streifenwagens. Der einsame, unterwohnt wirkende Hof mit seinem kleinen einstöckigen Haupthaus und den direkt angebauten, nicht mehr für Vieh genutzten Stallgebäuden lag idyllisch am Südhang in der Morgensonne. Große, mit Stacheldraht eingezäunte Wiesen säumten die lange Zufahrt. Diese endete in einer Art kleinem Vorplatz. Rechts neben der Haustür stand eine einfache Holzbank aus einem längs halbierten Baumstamm und mit Lehne aus dessen Gegenstück. Ein wackeliges Vogelhaus war trotz seiner Instabilität prall mit Sonnenblumenkernen gefüllt. Unter der Bank wartete ein zerbeulter Blechnapf mit Katzenfutter. Auf der anderen Seite stand eine alte 50-Liter-Milchkanne, bunt bemalt mit Bauernmalerei aus den 1970er Jahren. Die Fassade des Hauses schrie nach Farbe und auch die Fensterrahmen hätten welche gebrauchen können. Das Dach allerdings war relativ neu gedeckt. Eine kleine Luke verriet einen Kriechspeicher, wahrscheinlich ohne Stehhöhe. Weiter hinten konnte man die Reste eines Gemüsegartens erkennen. Leere Bohnenstangen stakten in die Höhe und erinnerten noch an ihre frühere Bestimmung. Zwischen den ehemaligen Beeten lagen, teilweise von Unkraut überwuchert, die alten Gehplatten. Ein Stück entfernt standen drei verlassene Bienenstöcke. Die Abdeckungen waren verrutscht und verrieten, dass die Bienenvölker schon lange ausgezogen waren. Heute dienten die Ruinen als Stütze für wilde Brombeerranken. Die Apfelbäume blühten, verfaultes Vorjahresobst lag darunter zwischen braunem Laub. Ein alter Küchenstuhl lehnte am Stamm eines Baumes.

Steffens hatte Kopfkino: Er sah mehrere Jungen, alle so um die zwölf bis vierzehn Jahre alt, mit triefenden Rotznasen in kurzen Lederhosen, runtergerutschten Kniestrümpfen, die in den dreckigen Gummistiefeln drückten und mit Stöcken in den Händen, wie sie zwanzig Kühen halfen, die Weide auf der anderen Straßenseite zu erreichen.

»Vielleicht war das ja doch gar nicht so schlecht gewesen«, dachte er. Er selber kannte die Eifel ja nur von dem verregneten Campingurlaub mit seinen Eltern.

Kirchfink brachte das Auto zum Stehen. In dieser Idylle fehlte das Anschlagen eines Hofhundes. Fast schweigend stiegen die beiden Männer, die unterschiedlicher nicht sein konnten und dennoch dieselbe Mission hatten, aus.

Kirchfink zog an einer Stange, die in ihrem Verlauf sichtbar im Inneren des Hauses verschwand und dort eine echte Glocke zum Schwingen brachte. Steffens schluckte mal wieder jede Bemerkung runter. Der Glockenton war laut genug und so konnten die beiden Männer schon durch die Haustür wahrnehmen, wie eine Person vorsichtig durch die Diele näherkam.

»Wer ist da?«, fragte Magda mit dem ihr eigenen polnischen Akzent. Sie öffnete gleichzeitig einen Spalt breit die Eingangstür und lugte vorsichtig in Richtung der beiden Männer.

»Wir sind von der Polizei, Kommissar Steffens mit seinem Assistenten Kirchfink aus Monschau. Wir haben einige Fragen an Sie«, antwortete Kirchfink. Steffens hielt sich etwas im Hintergrund, bereit, um schnell eingreifen zu können, sollte die Situation eskalieren.

»Ich haben Arbeitsbescheinigung. Alles perfekt und okay«, kam Magdas fast schon verzweifelte Aussage.

»Wir kommen nicht wegen der Arbeitsbescheinigung. Wir haben Fragen zu einem Auto«, antwortete Kirchfink geduldig.

»Was für Auto?«, fragte Magda

»Wenn Sie uns reinlassen, können wir das drinnen klären«, meinte Kirchfink noch einmal nachdrücklich und hielt beide Dienstausweise nah genug an den Türspalt, damit Magda sie sehen konnte.

»Sie sind doch Magda Stoyczek?«, mischte sich jetzt auch Steffens in das Gespräch ein.

»Ja, ja. Kommen rein!«, forderte die junge Polin die beiden Männer auf und eskortierte sie in die kleine Wohnküche.

»Ich machen Essen. Immer Kartoffeln, Kartoffeln, Kartoffeln. Manchmal Gemuse essen, dann wieder Kartoffeln. In Polen man sagt nudy, langweilig. Mann Rader essen immer gleich.«

Während Steffens das Innere der alt eingerichteten aber sauberen und gemütlichen Wohnküche förmlich mit den Augen abscannte und dabei versuchte, sich jedes Detail einzuprägen, legte Kirchfink das Polizeifoto des blauen Kleinwagens auf die Wachstuchtischdecke mit dem braun-beigen Blumenmuster.

»Ist das Ihr Auto?«

»Tak tak moje, ja, ja, das ist meins«, kam die Antwort prompt. »Wo haben gemacht Foto? Ich zu schnell fahren?«

»Nein, man sieht doch, dass das Auto steht und nicht in eine Radarfalle geraten ist«, wurde Steffens ungeduldig.

»Radar …? Was? Pułapka prędkości, du meinen? Nein, ich nicht zu schnell!«, kreischte Magda schon fast.

»Niemand hat gesagt, dass Sie zu schnell gefahren sind, verdammt nochmal. Eine ganz einfache Frage: Wo ist Ihr Auto jetzt?«

»Nicht sagen Sie, sagen du, ist einfacher«, war Magdas Antwort.

Steffens griff sich wie immer in solchen Momenten der Verzweiflung ins Gesicht. Seine Hand suchte den Bart – vergebens.

»Also gut, dann eben: Wo ist dein Auto jetzt?«

»Draußen neben Haus«, versuchte Magda die Beiden zu überzeugen, die bei der Ankunft allerdings keinen Wagen gesehen hatten.

»Nein, da steht kein Auto«, versuchte es jetzt Kirchfink langsam und sehr betont auf den Punkt zu bringen.

»Pomoc skradziona, Hilfe gestohlen!«, rief Magda. »Du Polizei, du musst es finden!«

»Wir haben es doch schon gefunden. Es stand gestern an einem Waldstück, in dem wir dann zusätzlich auch noch über eine Leiche gestolpert sind«, erklärte Steffens jetzt etwas ruhiger.

»He jett et kenn Leisch, isch hann Honger un ben noch klor dobeij«, tönte es jetzt aus dem Hinterzimmer.

»Oh Gott, jetzt ist er wach. Warten hier.« Mit diesen Worten eilte Magda zu ihrem Pflegefall, um ihm bei irgendetwas zu helfen.

»Die lügt doch, Chef«, raunte Kirchfink Steffens zu.

»Allerdings«, nickte der Kommissar. »Mal sehen, wie lange sie dieses Spiel durchhält.«

Als Magda wieder zurückkam, wirkte sie ruhiger und auch kooperativer, was Steffens wiederum veranlasste, erneut und auch freundlicher die nötigen Fragen zu stellen. Magda ging auf die neue Gangart ein und versuchte, sachlich zu bleiben.

»Ich habe hier viel Arbeit, das du musst wissen«, erklärte sie.

»Wozu brauchst du das Auto?«

»Mann Rader möchte, dass ich jeden Freitag einen Wocheneinkauf mache, das ist alles. Manchmal noch eine Fahrt zur Apotheke.« Der polnische Akzent war immer noch deutlich zu hören, aber je länger sie redete, um so richtiger wurde ihr Deutsch.

»Gehört denn neben der Pflege von Herrn Rader auch die Landwirtschaft zu Ihren Aufgaben?«, fragte Kirchfink.

»Landwirtschaft ist Bauernhof?«

Die beiden Männer nickten.

»Nein, schon lange keine Tiere mehr hier, nur Katze und draußen die Vögel. Mann Rader alles verpachtet oder verkauft. Jetzt da stehen Räder fur Wind.«

Steffens hatte verstanden. Die vielen Windräder waren ihm auf dem Hinweg aufgefallen. »Dann nur noch eine Frage: Magda, wo warst du gestern Morgen, ganz früh am Morgen?«

»Ich hier. Mann Rader wird immer fruh wach, dann ich helfe waschen und so, dann kommt Schwester von Pflegedienst fur Spritze gegen Schmerzen, dann ich machen Fruhstuck. Mann Rader immer nett. Sagt Danke und Bitte. Ich habe Respekt vor ihm. Er hat viel gearbeitet fruher auf dem Hof. Jetzt Körper ist schwach und ich bin hier. Wenn ich in Urlaub, dann Ewa kommen. Alles gut. Alternatywny – abwechseln.«

Fasziniert hörte Steffens zu und auch Kirchfink konnte sich der Ausstrahlung dieser zweifellos stolzen Frau nicht entziehen. Ihr Job verlangte ihr ohne Frage viel ab. Wann hatten die zwei sich eigentlich mal Gedanken darüber gemacht, dass die Arbeit in diesem Berufssektor nicht nur die Entfernung von der Heimat bedeutete, sondern auch harte körperliche Anstrengung und eine neue Sprache als Herausforderung mit sich brachte. Dennoch wurden beide Männer das Gefühl nicht los, dass Magda mauerte. Etwas stimmte nicht. Die hübsche Frau verkörperte regelrecht das Geheimnisvolle.

Steffens zeigte ihr die Fragmente der gefundenen Kette. »Hast du die schon mal gesehen?«

»Dann war das eben nicht letzte Frage«, stellte Magda fest und schüttelte gleichzeitig den Kopf. »Nein, nie gesehen.«

Nachdenklich verabschiedeten sie sich von Magda, wünschten ihr viel Glück für die weitere Zeit und blieben noch einen Moment vor dem Streifenwagen stehen. Magda war noch nicht hinter der Tür verschwunden und so zeigte Steffens jetzt fragend auf das mit Kette und Vorhängeschloss fest verriegelte Scheunentor. »Was ist eigentlich da drin?«, rief er die Frage in Richtung Haustür.

»Ich nicht wissen. Bauernhof schon lange zu Ende. Do widzenia – auf Wiedersehen«, antwortete Magda, lächelte und schloss den Eingang, um sich wieder den Kartoffeln zu widmen.

Auf dem Rückweg wirkte Steffens nachdenklich. Er ließ die eben erlebte Situation immer und immer wieder vor seinem geistigen Auge Revue passieren. Was passte denn da nicht zusammen? Er wurde das Gefühl nicht los, etwas Wichtiges übersehen zu haben. Er fragte Kirchfink, ob es ihm ähnlich ginge. Wie erwartet gab dieser seinem Chef Recht.

»Also gut«, wandte er sich kurz darauf erneut an seinen Assistenten. »Sie, Kirchfink, durchforsten mal die ungeklärten Vermisstenfälle der letzten zwanzig bis dreißig Jahre, während ich mich in der Stadt umhöre. Wenn der alte Rader tatsächlich schon so lange hier in der Gegend ansässig ist, muss den doch zumindest jemand von den Älteren kennen. Vielleicht sind ja sogar die polnischen Pflegekräfte bekannt. Sie können mich direkt vorne an der unteren Stadteinfahrt rauslassen. Von da aus gehe ich gerne das letzte Stück zu Fuß.«

»Bis morgen früh um Neun im Büro.« Mit diesen Worten verabschiedete Kirchfink seinen Chef, als Steffens behände das Auto verließ.

KAPITEL ACHT

Die Altstadt von Monschau lag in der schon recht warmen Nachmittagssonne. Wie immer nahm Steffens die Eindrücke mit all seinen Sinnen auf. Die Wärme, die Gerüche, die Touristen, die Außengastronomie mit ihren knallbunten Schirmen inmitten der mittelalterlichen Kulisse, geprägt von den gepflegten Fachwerkhäusern, das alles hielt ihn gefangen. Und immer das rauschende Wasser des Flusses als Hintergrundmusik. Steffens Blick wanderte an den Schaufensterauslagen vorbei, die offensichtlich die Kölner Jugend nicht vom Hocker reißen würden.

Er verspürte mal wieder Hunger auf was Süßes und wurde natürlich in einem Café direkt am Markt fündig. Er versuchte sich an einem Monschauer Dütchen. Ohne Vorwarnung, wie süß und fettig dieses Blätterteighörnchen gefüllt mit Sahne ist, kämpfte Steffens sich durch das hier beheimatete Gebäck.

»Gott, ist mir schlecht«, stöhnte er, nachdem der Kuchenteller endlich leer war.

»Dann brauchen Sie jetzt einen Els«, sagte eine sehr charmante Stimme schräg hinter ihm. Die Serviererin, die einer Zirkusnummer gleich ein übervolles Tablett auf ihrer linken Handinnenfläche balancierte und den Nachbartisch mit Limo, Kaffee und Kuchen mit Hilfe ihrer Rechten versorgte, lächelte ihn freundlich an.

Entwaffnet stimmte Steffens zu. »Warum nicht?«, dachte er, um sich kurz darauf zu schütteln, ob des intensiven Hustensaftgeschmackes des braunen Kräuterschnapses. Er spürte dennoch die wohltuende Wirkung und nahm sich fest vor, sich eine Flasche in die eigene Küche zu stellen.

»Kennen Sie den alten Rader, der im Einsiedlerhof bei Höfen wohnt?«, fragte der Kommissar die junge Frau, als er zahlte.

»Ihn selber nicht, aber Magda und Ewa. Die beiden Pflegerinnen verbringen manchmal die Pausen hier, wenn sie freitags vom Wocheneinkauf zurückkommen. Niemals zusammen, aber dennoch irgendwie abgesprochen, denn Ewa darf, wenn sie dran ist und Magda in Polen Urlaub macht, Magdas Auto benutzen. Oh je, ich rede schon wieder zu viel«, beendete sie ihren kurzen Bericht.

»Das macht nichts, ich bin von Berufs wegen neugierig und bevor ich Ihnen meine Karte gebe, verraten Sie mir noch Ihren Namen.«

»Hier nennen mich alle Nina. Das Café ist im alten Familienbesitz, die Dütchen werden nach dem Geheimrezept meines Urgroßvaters gebacken und mein Medizinstudium an der RWTH Aachen bewahrt mich vielleicht davor, hier mit meinem Bruder, dem heutigen Jungbäcker, den Laden führen zu müssen.«

Nina warf einen Blick auf die Visitenkarte. »Oh ha, dann sind Sie der Neue aus Köln. Herzlich willkommen! Die erste Runde Els geht aufs Haus, das Dütchen muss ich leider abrechnen. Meine Oma weiß genau, wieviel sie heute Morgen in die Theke gelegt hat, und wehe, es wurde nicht korrekt abgerechnet. Bei der Flüssigkeit in der Schnapsflasche ist das einfacher.«

Sie zwinkerte entwaffnend mit dem rechten Auge und war sich dieser Wirkung durchaus bewusst.

»Wo finde ich Ihre Oma eigentlich?«, rief Steffens Nina nach. Sie kam zurück und meinte, als sei es das Natürlichste der Welt: »Mitkommen, ich bring Sie zu ihr.« In Ninas Schlepptau durchschritt Steffens teilweise neugierig beobachtet, teilweise von den anderen Gästen völlig ignoriert, die Ansammlung von kleinen Tischen, um dann von der Dunkelheit des Flures, der sich hinter dem Nebeneingang eröffnete, förmlich verschluckt zu werden.

»Wäre da nicht der Mord aufzuklären, dann könnte das die Ouvertüre eines romantischen Dates werden«, dachte Steffens ketzerisch.

Der unglaublich gute Geruch einer jeden Backstube lag auch hier in der Luft. Steffens erkannte mal wieder: Es gab kaum etwas Besseres.

Ninas Oma stand mit einer Kittelschürze bekleidet in der Backstube und schrubbte den riesigen Mixer, der aussah, wie eine überdimensional große Küchenmaschine. Jede Bewegung führte sie schnell und routinemäßig aus. Steffens schätzte die agile, sehr gepflegte Frau auf siebzig Jahre und diese Erkenntnis traf ihn plötzlich, als er gewahr wurde, dass diese Altmonschauerin ja vielleicht sogar das Mordopfer gekannt haben könnte und nicht nur den alten Rader.

»Ich muss Sie was fragen«, begann er das Gespräch. »Ich möchte Sie nach dem alten Rader fragen.«

»Den alten Rader kenne ich. Ein fleißiger Bauer, dem die Frau weggelaufen ist. Warum, weiß ich nicht, es wird zu viel dummes Zeug erzählt, wenn einem sowas passiert. Als ob diejenigen, denen sowas passiert, nicht schon genug Kacke am Dampfen hätten. Wir in der Gastronomie müssen ja jedem Gerede irgendwie nachgeben, damit sich der Gast unterschiedlichster Couleur nicht vor den Kopf gestoßen fühlt. Diskutieren ist sowieso nicht mein Ding.«

Behände ging die alte Dame um das Gerät herum und kam auf Steffens zu. Dabei führte sie die Riesenputzbürste wie einen Degen vor sich her und zeigte damit bei jedem Wort immer wieder auf Steffens Brust, wie um ihrem Bericht Nachdruck zu verleihen.

»Und dann ist der arme Kerl beim Äpfel ernten noch von der Leiter gefallen. Was stellt der das wackelige Ding auch auf einen Küchenstuhl. Jedenfalls hatte er einen komplizierten Beinbruch. Kann von Glück sagen, dass unser Krankenhaus in Simmerath damals schon eine ganz ordentliche Unfallchirurgie hatte. Trotzdem kenne ich ihn nur mit einem rechten Bein, das er nachzieht. Nachdem die Josefine also weg war, hat der den Hof mit ein paar Leiharbeitern alleine weitergeführt. Für eine Stippvisite in Monschau hatte der keine Zeit, oder keine Lust. Ich muss richtig überlegen, wann der Rader nach Höfen gekommen ist. Der ist älter als ich und in der Volksschule hatten wir nichts miteinander zu tun. Vielleicht finde ich in alten Fotoalben noch was Brauchbares.«

»Vielen Dank, damit könnten Sie mir sehr helfen«, verabschiedete sich Steffens, obwohl er im Augenblick nur den Bezug von Magda und ihrem Auto zum Mordopfer erkennen konnte, aber den Bezug vom alten Rader zu der Leiche noch nicht.

Sein Handy klingelte. »Christina?«

»Nein, Kirchfink hier«, klang es irritiert aus dem kleinen Apparat. »Ich habe die Fälle von Verschwundenen der letzten dreißig Jahre ausfindig gemacht. Zwei waren Frauen, drei wurden aufgeklärt, übrig bleibt nur einer: Nöllches Schäng.«

»Was, wer?«

»Nöllches Schäng ist der Spitzname für den Landstreicher Johann Huppertz. Das war ein Landstreicher, der früher auf den Höfen der Bauern hier in der Umgebung Unterschlupf gefunden hat.«

»Ah, damit hätten wir eine Verbindung zum alten Rader«, resümierte Steffens. »Aber das wäre zu einfach.«

Mit einem Blick auf Ninas Oma erklärte Steffens das Telefonat unter dem Vorwand, dass die Verbindung zu schlecht sei, als beendet. Er winkte der alten Dame noch einmal zu und verließ durch den Hintereingang die Backstube.

Kaum, dass Steffens wieder draußen war, klingelte sein Handy erneut. Leicht entnervt griff der Kommissar in die Jeanstasche und nahm das Gespräch entgegen. »Was denn noch, Kirchfink?«, der Übereifer seines Assistenten erinnerte ihn an einen Streber aus der Schulzeit. Und er ist der Lehrer, auch das noch!

»Ich war noch nicht fertig, Chef! Sie haben jetzt auf Ihrem Handy alle Daten über den Fall ›Nöllches

Schäng‹. Hoffentlich ist die Verbindung gut genug, da unten im Altstadt-Loch. Dann können Sie sich nämlich alles in Ruhe schon mal durchlesen.«

»Okay, danke«, antwortete Steffens nicht ohne schlechtes Gewissen, dass er den Assistenten als etwas übereifrig empfunden hatte.

Er öffnet seine Mails und sofort tauchte er ein in die Schilderungen des längst vergangenen Vermisstenfalls. Während der Lektüre ging er langsam aber unachtsam durch das autofreie Monschau. Plötzlich wurde er von einem jungen Mann angerempelt, der sich flüchtig entschuldigte und schnell weiterging.

»Arschloch!«, grummelte Steffens erschrocken. Sein Handy war bei dem Zusammenstoß hingefallen. Er bückte sich, hob es auf und pustete den Staub vom Display. Zum Glück war es heil geblieben. Instinktiv griff er gleichzeitig nach seinem Portemonnaie. Weg! »Scheiße, du Mistkerl!«, fluchte er und nahm die Verfolgung auf. Mal wieder hatte ihn sein Instinkt nicht getäuscht. Blöd nur, dass der andere sich deutlich besser in der verwinkelten Stadt mit ihren Treppen, kleinen Gässchen und Brücken auskannte. Aber der Kommissar war als ehemaliger Leistungssportler durchtrainiert. Er hastete hinter dem Taschendieb her. Zunächst ging es steil bergauf, im Vorbeilaufen konnte der Kommissar auf den kleinen Hinweisschildern ›Burg‹ und ›Jugendherberge‹ lesen. Aber dann bog der junge Mann plötzlich links ab. Steffens folgte ihm die schmalen Treppenstufen hinab wieder in Richtung Altstadt.

Die steile Treppe, die sehr viel Ähnlichkeit mit einer steinernen Stiege hatte, wurde rechts und links von den Blausteinwänden der alten Häuser geradezu bedrängt und der Platz zum Runterhasten war ziemlich eng. Offensichtlich hatten die Menschen früher kleinere Füße gehabt, denn es grenzte schon an Akrobatik, hier auf den schmalen Stufen nicht abzurutschen. Das weiße T-Shirt bahnte sich seinen Weg immer weiter aus der

Jeans heraus, die offene Lederjacke wehte, die Lederboots in Verbindung mit dem Kopfsteinpflaster ergaben einen satten Ton.

Der Kerl vor ihm war schnell, registrierte Steffens, bevor er, um eine Abkürzung zu nehmen, über eine halbhohe Bruchsteinmauer hechtete, die die Begrenzung eines Rasenstückes markierte. Er rutschte auf dem feuchten Gras aus und konnte sich gerade noch fangen, ohne zu stürzen. Dennoch kam er dem jungen Mann auf diesem glitschigen Weg näher, aber der hatte das im Augenwinkel erspäht und schlug hasengleich einen Haken. Jetzt ging es wieder bergauf. Steffens gab alles.

Unten in der Altstadt drehte die Touristenbimmelbahn ihre Runde, um gehbehinderte Besucher oder kleine Kinder durch die Stadt zu befördern. Weiter oben rannten zwei Männer hintereinander her, jetzt war es eine Frage der Kondition geworden, wer länger durchhielt. Von den Passagieren des Bimmelbähnchens war jedenfalls keine Hilfe zu erwarten.

Erneut riskierte Steffens den Sprung über eine Mauer, um dem Verfolgten näher zu kommen. Der hatte nach rechts gedreht und sie liefen jetzt den Weg, den sie eben noch zur Burg hinaufgelaufen waren, wieder herunter. Von unten konnten sie das Gerumpel der motorbetriebenen Touristenbahn hören. Als der vermeintliche Lokomotivführer die beiden Männer auf seine Bahn zu rennen sah, klingelte er laut mit der Glocke über seinem Einstieg im Fahrerhaus. Ein verzweifelter Versuch, die beiden Wilden auf sich, die Bahn und die Ladung Touristen aufmerksam zu machen. In den Waggons schrien die Passagiere hysterisch auf, die nicht auf Gleise angewiesene Bahn machte einen gefährlichen Schlenker, die beiden Männer auch.

Sie waren sich alle ziemlich nah gekommen, aber wie durch ein Wunder war nichts passiert. Eine übergewichtige Belgierin schnappte nach Luft und rief nach einem Arzt. Ihr Mann konnte sie nur schwer beruhigen. Und auch ein paar kleinere Kinder fingen an zu schreien, die größeren waren hellauf begeistert.

Das alles bekam Steffens nicht mit. Für die zwei ging es steil bergab. Er fokussierte sich auf den Mann, der mitsamt seinem Portemonnaie vor ihm herlief. Noch zwei Meter … eineinhalb … einer …! Steffens überwältigte den Taschendieb an einer Mauer, lehnte ihn keuchend im Polizeigriff dagegen und war stinksauer!

»So, Bursche, du gibst mir als erstes mein Portemonnaie zurück und dann kannst du mir ja mal zeigen, ob du den Weg zum Präsidium auch so gut kennst, wie die netten Gassen der Monschauer Altstadt. Das war eine schlechte Wahl, einem Polizisten die Geldbörse zu klauen«, versuchte Steffens, ohne nach Luft zu schnappen, zu sagen. Es war aber eher ein Keuchen. »Du klaust hier jedenfalls keinem mehr was!« Steffens Wut steigerte sich in die Vorstufe zum Jähzorn. Er spürte, wie sich diese Eigendynamik ihren Weg durch den ganzen Körper nach oben bahnte und es fiel ihm verdammt schwer, sich zu beherrschen. Völlig verkrampft versuchte er, sich an die Details des Selbsterfahrungskurses zu erinnern, der ihm genau deshalb, nämlich zur Bewältigung seines Jähzorns, von einer Kölner Polizeipsychologin aufoktroyiert worden war. Stattdessen hatte er sich in die Frau verliebt. Aber zumindest erinnerte er sich an die Ermahnungen, erst mal bis zehn zu zählen, was auch seiner Schnappatmung guttat.

Der Mann im Polizeigriff atmete ebenso schwer und rang nach Luft.

Die beiden Männer lösten sich von der Mauer und gingen gemäßigten Schrittes in Richtung Polizeistation. Der Dieb machte keinerlei Anstalten mehr abzuhauen, es wäre ihm auch nicht geglückt.

Steffens kündigte ihr Kommen per Handy an und bat gleichzeitig darum, dass Basti Schreiber und Paul Kreitz, die beiden Streifenbeamten, ihnen doch bitte entgegenkommen möchten.

Als die beiden Polizisten den Taschendieb in Empfang nahmen, gab Steffens die Anweisung, dem jungen Mann alles Wichtige zu entlocken. »Dreht ihn auf links!«, war seine Anordnung. Er selber hatte für heute einfach nur genug.

Mit den Worten »Lasst mich bitte bis morgen zufrieden!«, verabschiedete sich der Kommissar von Basti Schreiber und Paul Kreitz. »Morgen um neun Uhr bin ich wieder im Präsidium und erwarte dann euren ausführlichen Bericht, bevor ich eventuell noch mal selber einige Fragen an ihn habe. Kirchfink soll das Interview mit dem Kerl hier leiten und mich nur anrufen, wenn beim Verhör was Besonderes zutage kommt!« Ohne den Dieb nur eines weiteren Blickes zu würdigen, verabschiedete sich Steffens von seinen beiden Kollegen.

In der Altstadt, auf dem Weg zu seiner Ferienwohnung, machte Steffens Station in dem Café von Ninas Oma. Er hatte Glück, die junge Servierin hatte noch Dienst. Sie hatte sofort registriert, dass der Gast von heute Nachmittag einen ziemlich aufgewühlten Eindruck machte. Das weiße T-Shirt hing unordentlich aus dem Hosenbund, die Haare waren zerzaust, das Gesicht offensichtlich gut durchblutet, so wie bei einem Sportler nach dem Gewinn des Clubturniers. Und sein Blick verriet seinen Ärger.

»Na, noch was Süßes? Oder besser noch einen Els?«, fragte sie süffisant.

»Els!«, antwortete Steffens kurz angebunden aber nicht unfreundlich.

»Ich habe hier gleich Feierabend, wenn Sie bei mir noch abrechnen, wäre es für alle einfacher.«

Steffens gab ihr ein großzügiges Trinkgeld und beobachtete dann den Zuckerwürfel im Glas, wie er sich langsam mit dem braunen Schnaps vollsog und wie dann die Ecken des Würfels nachgaben und wie ein Miniatureisberg in die Flüssigkeit rutschten. Er genoss es, dieses Ritual zu zelebrieren.

»Jetzt!«, mahnte Ninas Stimme hinter seinem Rücken. »Jetzt ist der richtige Moment, das Zeug auf Ex zu kippen«, ermunterte sie den Kommissar und der gehorchte.

»Uah!« Er schüttelte sich, lächelte die junge Frau an und die beiden waren sich einig. Dieser Abend war noch nicht zu Ende.

KAPITEL NEUN

Steffens wurde wach und blickte auf die noch schlafende Nina. Ihr Körper lag wie hingegossen neben ihm im Doppelbett. Wie verletzlich sie jetzt aussah. Ihre Haare umrahmten das ihm zugewandte, fast noch kindliche Gesicht, die Arme lagen eingekuschelt unter der Decke. Nur die rechte Hand lugte hervor. Ihre gepflegten, sehr kurz gefeilten Fingernägel zeugten von ständiger Arbeit, bei der man keine langen Nägel gebrauchen konnte. Das machte sie für ihn sympathisch. Aber das junge Gesicht erschreckte ihn.

»Also«, stellte er wie zur Rechtfertigung fest, »kindlich war die junge Frau heute Nacht nicht gewesen.« Aber ihm war schon klar, dass sie vom Alter her ja seine Tochter sein könnte. Das war ein verdammt blödes Gefühl, als dann außerdem noch sämtliche Gespenster der Erinnerungen an Köln durch seinen plötzlichen Tagtraum tanzten.

Nina bewegte sich und schlug die Augen auf. »Hey, guten Morgen«, begrüßte sie den Kommissar, der es nur zu einem schiefen Lächeln brachte. »Was ist los, alter Mann?«, legte sie, ohne es zu wollen, den Finger in die Wunde. Das tat weh!

»Ich mach mal Kaffee, bleib liegen, ich bring ihn dir ans Bett. Und dann muss ich mich beeilen, das Präsidium wartet.«

»Stimmt, du bist ja berufstätig und kannst nicht einfach eine Vorlesung schwänzen, um die nächste Runde einzuläuten.«

»Das wurde ja immer schöner«, durchzuckte es ihn, ließ diese Bemerkung aber unkommentiert. Stattdessen schlüpfte er ins Bad und kam nach einigen Minuten frisch geduscht und mit einem Morgenmantel bekleidet, auf dessen Revers »Chef« eingestickt war, zurück.

Die entstandene peinliche Stille wurde nur von dem Geräusch der Kaffeemaschine unterbrochen. Steffens brachte zwei dampfende Becher ans Bett, reichte Nina einen und wollte gerade seine, unter der Dusche getroffene Entscheidung loswerden, als Nina ihm zuvorkam.

»Also, echt schöne Nacht, du machst einem ja richtig Mut, alt zu werden. Aber erstmal war es das mit uns. Nächste Woche beginnt mein Auslandssemester in Norwegen. Da lassen sie eine wie mich schon mit in den OP. Die Stelle habe ich mir so sehr gewünscht und es hat geklappt. Meine Familie ist nicht so glücklich, die müssen jetzt eine Aushilfe im Café einstellen, aber für mich ist das wie ein Lottogewinn.« Sie strahlte Steffens an, bevor sie weiterredete. »Ich werde meiner Oma sagen, sie soll sich besonders um dich kümmern …«

»Moment!«, unterbrach Steffens sie. »Deine Oma? Also bitte, bei allem Respekt, aber die ist mir nun doch zu alt.«

Nina fing laut an zu lachen. »Ups, ich meinte doch die Monschauer Dütchen, die Tagesgerichte, den Kaffee und den Els. Der Rest ist mir egal, ich bin in Norwegen.« Mit diesen Worten warf sie die Bettdecke nach vorne und war in einem Satz aus dem Bett und im Bad.

Die beiden verabschiedeten sich wenig später voneinander, wünschten sich gegenseitig viel Glück und Erfolg, umarmten sich wie Freunde und verließen gemeinsam die kleine Wohnung. »Was war das denn? Gab es hier in der Eifel tatsächlich solche Frauen, die nach einer Nacht nicht sofort mit ewiger Liebe um die Ecke kommen?« Kopfschüttelnd aber auch sehr zufrieden trat Steffens den kurzen Fußweg zur Polizeistation an.

KAPITEL ZEHN

Schon im Treppenhaus hörte er den Tumult. Aus seinem Büro drangen aufgebrachte Männerstimmen und schaffen die aggressive Stimmung wie nach einem verlorenen Fußballspiel. Er konnte zwischendurch seinen Assistenten Kirchfink raushören, der offensichtlich erfolglos versuchte, die Zankhähne zu beruhigen. Es war dem Kommissar kaum möglich, herauszufinden, worum es eigentlich ging. Die Männer hinter der verschlossenen Türe redeten in einer Sprache, die er nicht verstand. Eifeler Platt war schon speziell!

In dem Moment, als der Kommissar die Türe öffnen wollte, wurde diese vehement von innen aufgestoßen und ein kräftiger Mann mit hochrotem Gesicht verließ offensichtlich sehr verärgert den Raum. Die wettergegerbte Haut verriet den häufigen Aufenthalt an der frischen Luft. Seine olivgrüne Arbeitshose mit gepolsterten Verstärkungen an Gesäß und Knien und Hammerschlaufe an der Seite war mit Schlamm und getrocknetem Stallmist besprenkelt. Das karierte Hemd, dessen Design dem eines kanadischen Holzfällerhemds auffallend ähnelte, hatte keine Chance zu verrutschen, denn es wurde vom Hosenlatz und auf dem Rücken gekreuzten Trägern quasi geknebelt. Ungeputzte Arbeitsschuhe mit Stahlkappe über den Zehen rundeten das Bild ab.

Die Hände des Mannes erinnerten eher an Pranken. Die konnten zupacken. Steffens registrierte das mit Respekt. Dagegen konnte er dem Geruch, den der Mann verströmte, nichts Positives abgewinnen. Steffens rümpfte die Nase ob des beißenden Stallgestankes und der Ausdünstung, die offensichtlich von starker körperlicher Arbeit zeugte.

Der Kommissar presste sich an die Wand, um dieser menschgewordenen Dampfwalze Platz zu machen. Den jetzt aufzuhalten, hatte keinen Sinn, aber später würde er ihn sicher mal aufsuchen.

Im Amtszimmer warteten Kirchfink und ein Unbekannter, den Steffens als den anderen Streithahn identifizierte.

»Guten Morgen, die Herren«, begrüßte der Kommissar die Anwesenden. Kirchfink war wie gewohnt mit Sakko und Stoffhose, Schlips und Kragen gekleidet. Aber auch der andere Mann hatte einen feinen Zwirn für den Besuch im Polizeipräsidium gewählt. Allerdings spannte die Hose gefährlich über dem Bauch und auch das Jackett hatte Mühe, dem Druck des breiten Kreuzes standzuhalten.

»Was war das denn hier eben für ein Auftritt?« Gewohnt klar und ohne große Umschweife erwartete Steffens die Erklärung, die ihm dann wenig wortreich gegeben wurde.

»Also das hier ist Herr Schmitz vom Gasthof Burghof in Monschau«, stellte der Assistent den Mann vor.

»Ja und, ist das ein Grund für Streit?«, fragte Steffens.

Herr Schmitz antwortete nicht. Nach einer kurzen Pause übernahm Kirchfink wieder das Wort. »Der Bauer Lambertz beschuldigt ihn, die Weidezäune seiner Rinderherde niedergemacht zu haben.«

»Was?«, fragte Steffens ungläubig. »Wir haben jetzt einen niedergemachten Weidezaun. Was für ein kriminelles Potential hier in Monschau schlummert. So langsam verstehe ich Sie, Kirchfink, als Sie meinten, eine Leiche wäre eine Abwechslung.«

Der Gastwirt Schmitz schaute fragend von einem zum anderen und räusperte sich. »Also, dieser Lambertz hat mir billiges, unökologisch produziertes Rindfleisch als teures Biofleisch verkauft.«

»Und da dachten Sie, verschaffen wir doch mal den armen, eingesperrten Rindviechern ein wenig Bewegung, indem wir die Zäune niederreißen«, vervollständigte Steffens den Gedanken.

Sichtlich unangenehm berührt, fummelte Schmitz an seinem Hosenbund, aber vielleicht spürte er auch gerade in diesem Moment, wie eng der Gürtel war.

»Wo sind die Tiere denn jetzt? Konnten die wenigstens ihre Freiheit feiern?«, fragte Steffens nicht ohne Sarkasmus.

»Na ja, ich habe etwas nachgeholfen und ihnen den Weg ins Tal gezeigt.«

»Sie haben was?«, echauffierte sich der Kommissar. »Ihnen ist schon bewusst, dass da eine vierspurige Straße langführt?«

Schmitz schwieg, Steffens suchte völlig entgeistert Blickkontakt mit seinem Assistenten. »Von wie vielen Tieren reden wir denn hier?«

»Das wissen wir nicht genau, den Bauern Lambertz haben Sie ja wahrscheinlich noch im Flur gesehen. Der ist jetzt mit Paul Kreitz und Bast Schreiber unterwegs, um die Tiere wieder einzufangen.«

»Ich nehme an mit Hilfe von Holzstöcken«, meinte Steffens. »Schade, dass keine Schulkinder helfen können«, ergänzte er noch kopfschüttelnd. »Eine Leiche, ein geklautes Portemonnaie, freigelassene Rinder und ich bin noch nicht mal eine Woche hier. Da kann sich Köln ja glatt ne Scheibe abschneiden. Ich würde vorschlagen, Herr Schmitz, Sie begeben sich jetzt direkt daran, mitzuhelfen, die Rinder wieder zum Stall zu bringen. Und dann wird sofort der Zaun repariert und zwar auf Ihre Kappe. Um den eventuellen Etikettenschwindel kümmern wir uns dann später. Wenn die Tiere wieder eingefangen worden sind, nehmen wir Ihre Aussage auf, jetzt bitte erst mal Schadensbegrenzung, bevor ein schwerer Verkehrsunfall passiert.«

Mit diesen Worten und eiskalter Mimik begleitete er den Gastwirt zur Tür. Als der Mann den Raum verlassen hatte, drehte Steffens sich fast ungläubig zu Kirchfink um. »Mein Gott, eine bislang ungekannte Form der Selbstjustiz. Es fällt mir schwer, das nicht zu kommentieren.« Jetzt wieder allein mit seinem Assistenten, konnte er sich ein Grinsen kaum verkneifen.

»Aber jetzt zu meinem Portemonnaie.« Mit diesen Worten zog Steffens vorsichtig mit Daumen und Zeigefinger seine Geldbörse aus der Gesäßtasche, als sei alles mit Heftzwecken gespickt, oder könnte beißen. Er ließ das Utensil auf den Schreibtisch fallen. »Wie heißt der Dummsack, der mir dieses Geschenk von meiner …«, Steffens hielt inne und vervollständigte den Satz nicht.

Kirchfink hakte nicht nach, sondern antwortete souverän: »Andrzej Stoyczek, Bruder von Magda Stoyczek, der polnischen Pflegekraft vom alten Rader.«

»Vom alten Rader, so da wären wir also wieder. Das verlassene Auto, der Taschendieb und last but not least der verschwundene Nöllches Schäng, der mit Sicherheit auch auf dem Hof vom alten Rader irgendwann mal sein Nachtquartier aufschlagen durfte. Wenn jetzt die Leiche tatsächlich der Nöllches Schäng ist, hätten wir den Mittelpunkt unserer Ermittlungen gefunden. Aber wie passen diese unterschiedlichen Figuren ins Bild?«

Steffens und Kirchfink sahen sich an.

»Chef, ich hol uns erst mal nen Kaffee. Wollen Sie auch ein belegtes Brötchen?«

»Hilft beim Denken. Ja gerne. Ich versuche, Dr. Münster zu erreichen. Vielleicht hört er ja mal das Telefon in seinem kalten Bunker und hebt ab.«

Wenig später kam Kirchfink mit zwei Tassen dampfenden Inhalts zurück, die Brötchentüte unterm Arm. Vorsichtig platzierte er das kleine Frühstück auf dem Schreibtisch, hinter dem es sich Steffens gemütlich gemacht hatte. Dessen Füße in den Lederboots ruhten auf dem Papierkorb, den Kopf hatte er irgendwie bis zur Rückenlehne fallen lassen, die Hände spielten mit dem Kugelschreiber. Der neue Chef dachte nach – eindeutig!

Steffens unterbrach seinen Gedankengang, setzte sich aufrecht hin und freute sich wirklich über den

Kaffee und das Brötchen. Beide Männer genossen diesen kurzen Moment der Ruhe, von draußen wehte ein leichter Wind durch das offene Fenster, die nahegelegene Kirche mit der intensiv klingenden Glocke verriet ihnen, dass es mittlerweile halb zwölf war. Der aufgebrachte Landwirt und der stinksaure Gastwirt hatten ihnen doch mehr Zeit abverlangt, als sie gemerkt hatten.

Die beiden Streifenpolizisten waren immer noch damit beschäftigt, die Straße zu sichern, damit das entlaufene Vieh keinen Unfall verursachen konnte.

»Es könnte so friedlich sein«, murmelte Steffens undeutlich und kämpfte mit dem Salatblatt auf dem Sandwich. »Wäre da nicht die Leiche.«

»Ja und der Taschendieb, das Vieh, der alte Einsiedlerhof und Nöllches Schäng«, ergänzte Kirchfink.

»Ich hab den Dr. Münster nicht erreicht«, informierte Steffens seinen Assistenten. »Wir müssen noch mal zum Einsiedlerhof fahren, da gibt es doch noch das verschlossene Scheunentor, den alten Rader und die Schwester vom Andrzej – apropos, was passiert jetzt eigentlich mit dem?«

»Erstatten Sie Anzeige, dann wird er zumindest gerichtlich belangt und erfährt eine Strafe. Oder wollen Sie ihn einfach wieder laufen lassen?«

»Ich weiß noch nicht, vielleicht ist er ja noch nützlich für die Aufklärung des Mordes«, antwortete Steffens.

»Nee Chef, sowas läuft ja vielleicht in Köln, aber nicht bei uns! Hier arbeiten wir anders. Der Kerl gehört bestraft! Den Fall lösen wir auch ohne Taschendieb!«

Steffens schlürfte seinen Kaffee und antwortete nicht.

Nach einiger Zeit des stillen Überlegens räusperte sich Steffens. »Ich gehe jetzt runter in die Stadt und versuche weitere Informationen über den alten Roder zu bekommen.«

»Rader«, verbesserte Kirchfink.

»Ach so ja, stimmt. Das wäre ja ziemlich blöd gewesen, nach einem falschen Namen zu fragen«, schmunzelte Steffens. »Kirchfink, was halten Sie davon, wenn wir uns so gegen sechzehn Uhr auf einen Kaffee in dem Café von neulich treffen? Bei der netten Kleinen, die Sie immer so angestrahlt hat.« Steffens wollte auf keinen Fall heute noch mal Nina über den Weg laufen und schlug deshalb die Bäckereikette vor. Ihm entging nicht, dass sein Assistent sich über diesen Vorschlag offensichtlich freute.

»Sie halten hier die Stellung. Wahrscheinlich kommen Kreitz und Schreiber ja auch gleich vom hoffentlich erfolgreichen Viehtreiben zurück. Die brauchen dann wohl erstmal eine Stärkung!«, grinste Steffens. Weiterhin ordnete der Kommissar an: »Bestellen Sie die beiden Spezis ein. Dann nehmen Sie bitte die Anzeigen auf. Einmal wegen Sachbeschädigung und Gefährdung des öffentlichen Lebens gegen den Gastwirt und einmal wegen Etikettenschwindels gegen den Landwirt. Ich bin mal gespannt, was Sie bei den Verhören der beiden Zankäpfel rauskriegen.«

Bei den letzten Worten hatte sich Steffens schon seine Lederjacke geschnappt und war gerade im Begriff, die Tür zu öffnen, als er sich noch mal zu Kirchfink umdrehte. »Kennen Sie einen oder mehrere ältere Bewohner, bei denen ich gute Chancen habe, Informationen zu Rader und auch Nöllches Schäng zu kriegen?«

Ohne groß überlegen zu müssen, schrieb Kirchfink mehrere Namen und Adressen auf einen Block, riss die oberste Seite ab und gab sie seinem Chef. Der überflog die Angaben und stöhnte innerlich auf. Natürlich stand da auch der Name von Ninas Oma.

Das kurze Flackern in Steffens Augen war Kirchfink nicht entgangen.

»Also dann bis nachher um vier«, verabschiedete sich der Kommissar.

KAPITEL ELF

Mal wieder schlenderte Steffens durch die Altstadt von Monschau. Dabei dachte er fieberhaft über die bislang gesicherten Erkenntnisse nach, ohne tatsächlich den Punkt zu finden, an dem man Licht ins Dunkle bringen könnte. Wie hypnotisiert blieb er abrupt vor dem Roten Haus stehen. Es erinnerte ihn plötzlich an sein altes Gymnasium.

»Genau!«, dachte er, »Ich muss zuerst den alten Lehrer aufsuchen. Und wenn der nichts weiß, den alten Pfarrer. Irgendwelche Ameröllchen müssen doch auszugraben sein.«

Ein kurzer Blick auf Kirchfinks Aufzeichnungen und Steffens hatte Namen und Adressen sowohl vom pensionierten Lehrer der damaligen Volksschule als auch von den Pastören beider Konfessionen.

Der ehemalige Dorfschullehrer zeigte sich als ein hellwacher Gesprächspartner mit einem enormen Erinnerungsvermögen. Sein immer noch athletischer Körper steckte in einem gutsitzenden Anzug, seine Gesichtszüge zeugten von einer gütigen, intelligenten Persönlichkeit. Kopfschüttelnd hörte er Steffens zu, zurrte seine Krawatte fester und strahlte den Kommissar an. »Steffens, sagten Sie? Mein Gott, wir hatten mal einen Bürgermeister namens Steffens. Ganz plötzlich war der weg, keiner wusste warum. War das vielleicht ein Verwandter?«

»Nicht, dass ich wüsste. Aber das würde mir bei meinem aktuellen Fall wahrscheinlich auch nicht weiterhelfen«, fand der Kommissar wieder den Anschluss an sein ursprüngliches Anliegen.

»Herrschaften, der alte Rader. Als seine Familie den Einsiedlerhof übernahm, war der schon aus dem Schüleralter raus und als Jungbauer ein fleißiger Landwirt.

Er heiratete die Lies. Ihr gemeinsamer Sohn war bei mir in der Volksschule kurz bevor das dann schließlich Grundschule hieß. Plötzlich war seine Mutter, die Lies, verschwunden. Bis heute ist nicht klar, warum. Es wurde gemunkelt, dass der Hof überschuldet war und Lies das alles nicht mehr ausgehalten hat. Und dann kam irgendwann etwas später die Nachricht von ihrem Tod. Der Sohn hat Monschau auch ziemlich früh den Rücken zugekehrt. Der hat sich hier nicht wohlgefühlt. Kann ich verstehen, sein Vater war hier nicht wirklich akzeptiert, seine Mutter verschwunden. Er selber hatte offensichtlich keine Lust, den Hof zu retten oder das Hobby seines Vaters zu übernehmen und daraus einen Beruf zu machen.«

»Das Hobby seines Vaters?«, hakte Steffens nach.

»Ja, der alte Rader hat sich als Präparator einen Namen gemacht. Jäger aus der ganzen Region kamen zu ihm mit ihrer Beute und ließen einen Luchs, einen Wildschweinkopf oder einen Fuchs präparieren, um dann die Trophäen als rustikalen Schmuck in ihr Wohnzimmer zu hängen. Manchmal waren die kleineren Tiere auf einem Ast drapiert, wenn möglich auch noch in einer lebensnahen Pose. In Jägerkreisen eine beliebte Form, sich den Wald ins Haus zu holen. Aber auch dieses Zubrot konnte offensichtlich die finanziellen Nöte nicht lindern und der Junge hatte von dem leblosen Kram, mit Verlaub, die Schnauze voll.«

Steffens pfiff fast unhörbar durch die zusammengebissenen Zähne.

»Und Sie sagen, es sei nur ein Hobby gewesen, das der alte Rader soweit kultiviert hat, dass er sich in Jägerkreisen einen Namen machen konnte?«

»Ja, genau, jetzt wo Sie es sagen, fällt es mir auch auf. Erstaunlich, dass der neben der Bewirtschaftung des Hofes noch die Zeit hatte, sich dieses komplizierte Handwerk anzueignen. Eine Anleitung im Internet, so wie das heute möglich ist, gab es damals noch nicht.

Wie und wo der wohl geübt hat? Habe ich noch nie drüber nachgedacht. Aber die Kunden waren offensichtlich mit seinen Objekten zufrieden. Es sprach sich rum, dass der alte Rader gute Arbeit zu moderaten Preisen lieferte.«

»Aber Sie sagen, dass diese Nebeneinnahmen die Schuldenlast nicht mindern konnten. Was passierte denn dann?«

»Na ja, passieren kann man das nicht nennen. Eher das, was er durch Unachtsamkeit erlitt: Es ist ja vielleicht bekannt, dass der alte Rader nicht die hellste Kerze auf der Torte ist. Nichts für ungut, aber wenn einer seine Leiter auf einen Küchenstuhl stellt und in Folge dessen abstürzt und einen komplizierten Beinbruch mit massiven Spätschäden erleidet, dann kann man davon reden, dass etwas passiert ist. Er hatte Glück, dass der richtige Arzt im richtigen Augenblick Dienst im Krankenhaus hatte und Rader wieder zusammenflickte. Die Arbeit auf dem Hof wurde daraufhin immer beschwerlicher, die Motivation, überhaupt noch zu arbeiten kontinuierlich weniger und der alte Rader fortschreitend griesgrämiger. Es ging ihm schlecht. Aber dann wurden die Diskussionen um erneuerbare Energien unüberhörbar. Hier witterte er seine Chancen. Der alte Rader verkaufte und verpachtete weite Flächen seines Landes an die Firma mit den Windrädern.«

»Ah, verstehe«, resümierte der Kommissar. Er hatte die großen, schlanken Windmühlen in der Nähe des Einsiedlerhofes gesehen. »Und das Präparieren?«

»Ich weiß nicht. Meine Jägerfreunde sind entweder zu alt und jagen nicht mehr oder sind selber schon in die ewigen Jagdgründe eingegangen. Ich bekomme keine Informationen mehr. Meine Generation dezimiert sich schleichend. Ich bin jetzt Mitte neunzig. Ein Wunder, dass es mir noch so gut geht, eine Bürde, sich von immer mehr Weggenossen verabschieden zu müssen. Ich sage Ihnen: Nichts für Feiglinge!«

Mit dieser Bemerkung und einem verräterischen, fast schon schelmischen Blitzen in seinen Augen korrigierte der alte Lehrer den Sitz seiner Krawatte und entließ den Kommissar.

Im Flur auf dem Weg zur Tür drehte sich Steffens noch einmal zu dem alten Herrn um. »Sagt Ihnen der Name Nöllches Schäng was?«

»Herrschaften, Sie greifen aber tief in die Kiste«, schmunzelte der Alte. »Nöllches Schäng, ein Verlierer unserer schnelllebigen Gesellschaft. Immer Blödsinn und mindestens einen Schnaps zu viel im Kopf, hat der den letzten Schuss nicht gehört und ist irgendwo in Aachen restlos versackt. Manchmal kam er hier in die Gegend, um sich als Gelegenheitsarbeiter, heute würde man das vielleicht Erntehelfer nennen, zu verdingen. Aber was gibt es in der rauen Eifel schon zu ernten. Allerdings durfte er fast schon ungefragt bei den Bauern im Stall übernachten.«

»Beim alten Rader auch?«

»Warum nicht? Ich habe nichts Gegenteiliges gehört.«

Der alte Lehrer blickte auffällig auf seine Armbanduhr und Steffens verstand.

»Danke, dass ich Ihre Zeit so lange in Anspruch nehmen durfte«, bedankte er sich artig und respektvoll bei diesem charismatischen Mann.

»Sie sind gerne wieder herzlich willkommen, aber jetzt freue ich mich auf meinen Sessel. Zu schade, dass der Sohn von Nöllches Schäng mit Alzheimer hier im Pflegeheim in Monschau lebt. Noch so jung und erinnert sich an nichts mehr. Immer wieder denke ich darüber nach, ob das nun eine Strafe oder eine Gnade ist.«

Verblüfft über diese letzte Information fand Steffens sich auf dem Bürgersteig der Jetztzeit wieder.

KAPITEL ZWÖLF

Pünktlich um kurz vor vier betrat Steffens das Café, in dem er schon an seinem ersten Tag mit Kirchfink gewesen war. Auch dieses Mal arbeitete die junge, stets lächelnde Serviererin, die altersmäßig zu Nina passte. Der Kommissar hatte einen großen Bogen um die Außengastronomie der Konkurrenz gemacht, um weder Nina noch deren Oma zu begegnen. Infos hatte er jetzt genug und alles andere wollte er heute nicht mehr zum Thema machen.

Er bestellte sich einen Kaffee und ein Stück Reisfladen und fand einen freien Tisch am Fenster der Seitenfassade. Von hier aus konnte er zwar nicht das Treiben auf dem Marktplatz beobachten, aber der Blick auf die Gasse, die letztlich am Wassermühlrad vorbeiführte, empfand er als wohltuend und beruhigend. Kaum, dass sein Gedeck gebracht worden war, gesellte sich Kirchfink zu ihm.

»Chef«, begann der Assistent nach Luft ringend, »seien Sie froh, dass Sie diese Kirmes im Präsidium nicht miterleben mussten. Wer in aller Welt hat die Presse informiert? Die haben uns die Bude eingerannt und erwarten eine Pressekonferenz zum Thema Leiche.« Mit diesen Worten lockerte Kirchfink seinen Schlips und steckte das untere Ende der Krawatte wieder ordentlich in die Knopfleiste seines Hemdes. »Wir werden wohl nicht drum rumkommen, den Zeitungshaien Rede und Antwort zu stehen. Aber alle, stellen Sie sich vor, alle waren da, sogar unser lokaler Fernsehsender. Ich habe sie weggeschickt, aber das war gar nicht so einfach. Die hatten vielleicht eine Energie!«

»Okay, dann bestellen Sie sich erstmal was Anständiges und dann schmieden wir den Schlachtplan, wie wir weiter vorgehen sollen. Solange die Ermittlungen noch laufen, geben wir keine Infos raus. Das haben Sie richtig erkannt und offenbar gut umgesetzt.« Steffens war bedacht, dieses Lob besonders laut auszusprechen, während die junge Bedienung, die Kirchfink schon wieder ungeniert anstarrte, in der Nähe des Tisches war, um auch die zweite Bestellung aufzunehmen.

Erst dann kam Steffens dazu, seinem Assistenten die Neuigkeiten weiterzugeben, die der alte Dorflehrer ihm gesteckt hatte.

»Donnerwetter!«, entfuhr es Kirchfink. »Präparieren war sein Hobby. Wie geschmacklos. Dann hat der womöglich die Katze von meinem Opa verbrochen.«

»Was?«, fragte Steffens entsetzt. »Katze? Aber das ist doch ein Haustier.«

»Na und? Wo ist der Unterschied. Lebloser Körper ist lebloser Körper. Die Strecke der Jäger ist Angabe, die Haustiere sind Hingabe.«

»Mein Gott, wie ekelhaft. Ich stelle mir gerade vor, ich sitze in meinem Esszimmer und bin umringt von ausgestopften Wegbegleitern. Frankensteins Gruselkabinett!«

Heftig kauend versuchte sich Steffens an einem weiteren Gedanken. »Ausgestopfte Wildtiere gelten also als normal und ausgestopfte Haustiere zeugen von einer tiefen Tierliebe der verlassenen Besitzer. Und ausgestopfte Menschen?«, entfuhr es ihm.

»Chef das wird ja jetzt immer skurriler, aber Moment mal, unsere Leiche. Was hat Dr. Münster festgestellt? Dilettantisch einbalsamiert. Nur er hat es nicht mit der Präparierung von Tieren, sondern mit der Kunst der alten Ägypter verglichen, die ja bekanntlich Meister im Herstellen von Mumien gewesen sind.«

Der Kommissar und sein Assistent sahen sich spontan gleichzeitig an »Scheiße, wenn das nicht eine heiße Spur ist, vervollständigte Steffens die Erkenntnis.

»Aber da gibt es noch mehr. Also der alte Rader ist hoch verschuldet, oder er war es zumindest. Die Diskussionen um erneuerbare Energien ließen ihn nicht unberührt. Auch wenn der Lehrer nicht wirklich von der geistigen Helligkeit des alten Bauern überzeugt ist, so hat dieser doch seine Chance erkannt und versucht, Geld aus seinen Ländereien zu schöpfen. Deshalb stehen da jetzt so viele Windräder.«

»Nicht schlecht, streng nach dem Sprichwort: ›Die dümmsten Bauern haben oft die dicksten Kartoffeln.‹« Kirchfink sah seinen Chef aufmunternd an, noch mehr zu erzählen.

»Wussten Sie, dass sowohl der alte Rader als auch Nöllches Schäng jeweils einen Sohn hatten?«

»Hatten?«, fragte Kirchfink.

»Na ja, oder zumindest haben. Der vom Rader ist weg, hatte die Schnauze voll von Monschau und dem Einsiedlerhof, und der von Nöllches Schäng ist schwer an Alzheimer erkrankt und lebt jetzt hier in Monschau im Stift.«

»Den können wir also nicht fragen, ob er etwas vom Verbleib seines Vaters weiß.«

»Nein«, antwortete Steffens, »Der weiß wahrscheinlich noch nicht mal was von seinem eigenen Verbleib.«

»Mein Gott.«

Beide Ermittler tranken den Rest des mittlerweile kalten Kaffees. Steffens zahlte und Kirchfink warf der jungen Serviererin noch einen anerkennenden Blick zu. Sie strahlte zurück und so verließen die zwei Männer das Stehcafé.

»Kirchfink, wir müssen alle Obdachlosenheime, Tagesküchen und Tafeln in der Umgebung befragen, ob Nöllches Schäng dort bekannt ist und wann er zuletzt gesehen worden ist. Mir ist überhaupt nicht wohl bei dem Gedanken, den ich mich gar nicht traue, zu Ende zu denken. Stellen Sie sich mal vor, unsere Leiche ist wirklich Nöllches Schäng und stellen wir uns mal weiter vor, dass er tatsächlich als Tagelöhner beim alten Rader war, als dieser seine Präparierungsexperimente gemacht hat.«

»Stopp, Chef! Jetzt mal halblang. Noch wissen wir ja überhaupt nicht, ob die Leiche wirklich Nöllches Schäng ist. Da soll der gute Dr. Münster doch erstmal einen DNA-Abgleich mit dem Sohn machen. An ein Haar oder die Zahnbürste ist ja dranzukommen. Ich besuch den mal im Stift, dann können Sie ja das ergatterte Material zum Pathologen bringen.«

»Stimmt, Kirchfink, ich zügele meine Phantasie und Sie besuchen den Sohn im Stift. An den richtigen Namen ist ja ranzukommen. Irgendein Ureinwohner Monschaus wird den richtigen Namen bestimmt wissen und Sie kennen genug davon«, grinste der Kommissar. »Ich melde mich für morgen bei Dr. Münster an und außerdem werden wir morgen dem Einsiedlerhof noch einen zweiten Besuch abstatten. Für heute ist erst mal Feierabend. Ich hoffe, das Vieh nächtigt wieder im Stall. Ich werde heute Abend im Burghof essen. Mal sehen, wie die Küche da ist.«

KAPITEL DREIZEHN

Kirchfink klingelte an der Pforte. Beim Eintreten schlug ihm der übliche Duft nach Schmierseife und Desinfektionsmittel gepaart mit dem Geruch nach menschlichen Ausscheidungen und Essen einer Großküche entgegen. Außerdem erwartete ihn in der Loge das freundliche Gesicht einer Dame, deren Alter kaum zu schätzen war. Kirchfink haderte damit, seine Dienstmarke zu zeigen, aber er hatte keine Zeit lange zu fackeln. Die Reaktion der Dame hinter der Glasscheibe war vorhersehbar gewesen. Erschrocken und erstaunt nahm sie die Informationen des Dienstausweises und Kirchfinks Erklärungen zur Kenntnis.

»Und jetzt möchten Sie den Sohn von Nöllches Schäng kennenlernen? In jeder anderen Stadt könnten Sie mit dieser Beschreibung eines Patienten wahrscheinlich nicht weiterkommen, aber in Monschau klappt das. Hier nennen wir ihn den ›Kleinen Arnold‹, das hört er gerne. Ich rufe auf Station an, Schwester Bärbel hat heute Dienst. Doppeltes Glück für Sie, die ist wirklich ein Stück Brot. Warten Sie doch dort im Foyer, bis Sie abgeholt werden.« Die Empfangsdame zeigte mit großartiger Geste auf die abwaschbare Sitzgruppe im angebauten Wintergarten.

Kaum hatte Kirchfink sich hingesetzt und offensichtlich argwöhnisch die situative Bedingung akzeptiert, da kam auch schon Schwester Bärbel, um ihn mitzunehmen.

»Kommen Sie, Herr Kirchfink. Sie lernen jetzt die kreativste Station unseres Hauses kennen. Sie werden es mögen.« Kirchfink ertappte sich dabei, wie er sich verteidigen wollte, dass er kein Patient, sondern dass er ein Besucher sei. Aber er schloss den schon leicht geöffneten Mund, um ihn einfach zu halten.

Als die Beiden den Aufzug auf der vierten Etage verließen, staunte Kirchfink nicht schlecht. In der Mitte des breiten Flures stand eine originale Bushaltestelle. Auf der dazugehörenden roten Bank saß eine alte Frau im Mantel mit Hut und Handtasche. Sie lächelte freundlich, sagte aber nichts.

»Das ist Elli. Jeden Vormittag wartet sie hier auf den Bus. Erst wenn das Mittagessen serviert wird, verlässt sie die Bank mit der Einsicht, dass der Bus wohl Verspätung hat. Manchmal wartet sie nachmittags wieder auf der Bank. Dann aber nicht auf den Bus, sondern auf Piet. Piet macht ihr dann fast jedes Mal einen Heiratsantrag. Elli nimmt ihn immer an, nennt Piet aber Alfons.«

»Und wenn Elli nicht dasitzt?«, fragte Kirchfink. »Was macht Piet dann?«

»Der geht dann einfach wieder weg. Es gibt keine Logik mehr in ihren Leben, die wir als solche bezeichnen würden. Die Patienten folgen ihren eigenen Regeln und verstehen sich ohne Erklärungen.«

Kirchfink beobachtete die zwölf Patienten, die offensichtlich friedlich nebeneinander und doch miteinander hier wohnten.

»Hier herrscht Frieden. Die aggressiven Insassen sind in einer anderen Station zusammengelegt worden, damit die ausgeglichenen ruhig in ihrer Welt leben können.« Schwester Bärbel musterte den Kripobeamten von der Seite und bemerkte nicht ohne Stolz, dass Kirchfink sichtlich überrascht das unkonventionelle Konzept ihrer Pflegestation registrierte.

»Und wer ist jetzt der Sohn von Nöllches Schäng?«

Schwester Bärbel musste lachen. »Mein Gott, habe ich diesen Namen schon lange nicht mehr gehört. Ich bin mir gar nicht sicher, ob der überhaupt jemals hier zu Besuch war. Weiß der überhaupt von der Erkrankung seines Sohnes?«

Kirchfink hob die Schultern. Er konnte und durfte die Fragen nicht beantworten. Die Ermittlungen waren noch nicht abgeschlossen.

»Um einen Gentest durchführen zu können, brauche ich ein Haar oder die Zahnbürste«, antwortete er schmallippig.

»Brauchen wir da nicht die Erlaubnis seines Vormundes?«, konterte Schwester Bärbel.

»Nur, wenn Ihnen die richterliche Verfügung nicht ausreicht«, antwortete Kirchfink bestimmter als er wollte.

»Gut, ich zeige Ihnen den Kleinen Arnold. Bitte reißen Sie ihm kein Haar aus, bitte schneiden Sie auch keins ab, er hat fürchterliche Angst um das Wohlbefinden seines Kopfes«, wies ihn Schwester Bärbel an.

»Wo finde ich denn seine Zahnbürste?«

»Wahrscheinlich gar nicht. Er selber hat einen Heidenspaß daran, die Eigentumsschildchen auszutauschen.«

»Soll das heißen …«

»Ja, das soll es heißen. Es gibt Begebenheiten auf jeder Station, auf die wir keinen Einfluss haben. Es klingt unappetitlich, ist aber nicht lebensgefährlich. Manchmal kriechen die Bewohner in fremde Betten, weil sie sich nach Berührung sehnen, oder das eigene schlichtweg nicht finden. Wir können nicht überall gleichzeitig sein.«

»Können Sie mir helfen, ihm doch ein oder zwei Haare abzuluchsen?«, bat Kirchfink und angelte einen Haarkamm, noch in der Originalverpackung einer großen Drogeriekette, aus der Brusttasche eines Sakkos.

»Ja, aber Sie müssen schnell und gleichzeitig vorsichtig sein. Ich lenke ihn ab.«

Im Anschluss an diese gelungene Operation verstaute Kirchfink den Kamm mitsamt der beim Kämmen ausgerissenen Haare in einer kleinen durchsichtigen Tüte. Diese steckte er dann wieder in die Innentasche seiner Anzugjacke. Er machte sich auf den Weg nach draußen, an der simulierten Bushaltestelle vorbei, mit dem Aufzug nach unten und freundlich grüßend durchs Foyer. Er war beeindruckt aber auch erleichtert, als er wieder frische Luft schnupperte.

Zuversichtlich machte er sich auf den Weg zum Präsidium, wo Steffens auf ihn wartete.
Der Kommissar hatte sich und seinen Assistenten für den späten Nachmittag bei Dr. Münster angemeldet.

»Na, Chef, wie war das Essen im Burghof?«, begrüßte Kirchfink den wartenden Steffens.

»Gut bürgerlich. Ich habe vorsichtshalber mal kein Rindfleisch gegessen, sondern den Sauerbraten aus Pferdefleisch.«

Kirchfink verzog das Gesicht und musterte seinen Chef leicht angewidert. »Im Ernst?«

»Ach Kirchfink, lassen wir die Essensdiskussion. Es war gut, aber soll nicht wieder vorkommen. Wenn Sie weiterhin so ein Gesicht machen, werde ich glatt zum Vegetarier. Kommen Sie mit nach Aachen zu Dr. Münster?«

KAPITEL VIERZEHN

Auf dem Weg nach Aachen kamen die beiden Ermittler durch Kalterherberg.

»Chef, kennen Sie eigentlich schon unseren Steling?«

»Wen?«

»Nicht wen – was! Der Steling ist die höchste Erhebung hier in der Nordeifel. Man hat eine fantastische Aussicht, bei klarem Wetter fast bis zum Kölner Dom«, schwärmte Kirchfink.

»Tatsächlich haben die beiden, Paul Kreitz und Basti Schreiber, mir davon schon erzählt, als wir gerade die Leiche gefunden hatten und auf die Spurensicherung gewartet haben.«

»Und Sie waren noch nie da?« Bevor Steffens antworten konnte, erhielt er von seinem Assistenten die Anweisung, links abzubiegen und der Beschilderung nach Mützenich zu folgen.

»Wenn Sie uns erst für heute im Spätnachmittag angemeldet haben, schaffen wir das noch.

Der alte Audi, besetzt mit den beiden Ermittlern, folgte der schmalen, kurvigen Straße, rechts und links flankiert von Viehwiesen, bis sie das Ortsschild Mützenich passierten. Steling war ausgeschildert und so erreichten sie den Wanderparkplatz ohne Probleme.

»Kommen Sie, Chef, es wird Ihnen gefallen«, ermunterte Kirchfink den Kommissar, der bereitwillig ausgestiegen war. Mit Blick auf die Einsamkeit des Parkplatzes öffnete dieser aber erneut die Fahrertür und sicherte das Auto erstmal mit der Wegfahrsperre, die er wie immer zwischen Kupplungspedal und Lenkrad einklemmte.

Zügig erreichten die beiden Männer nach einem kurzen Spaziergang die Bank, die den Aussichtspunkt dieses Höhenzuges markierte. Sprachlos ließ Steffens seine Augen über die grandiose Landschaft gleiten, die sich heute von ihrer besten Seite zeigte. Wie in Trance nahm er auf der Holzbank Platz.

»Ich wusste, dass es Ihnen gefallen würde«, genoss Kirchfink seinen Erfolg. »Und hinter uns ist dann schon Belgien.«

Steffens drehte sich um, registrierte die restliche kurze Strecke bis zum Kamm des Hügels und machte sich ein schnelles Bild von der Unwegsamkeit des Dickichts, das sich dort zwischen den Bäumen des beginnenden Waldes ausgebreitet hatte. Was für einen Gegensatz diese Unwegsamkeit zu der Freiheit des weiten Blickes auf der anderen Seite bildete. Der Kommissar atmete tief ein und genoss das Gefühl der eindringenden Luft. Die sich aufblähende Lunge ließ seinen Brustkorb anschwellen. Fast dankbar drehte er sich zu Kirchfink und nickte ihm anerkennend zu, bevor er zur Weiterfahrt nach Aachen mahnte.

Sie fanden einen Parkplatz in der Nähe zum Haupteingang des Klinikums. Auch hier sicherte Steffens sein Auto mit dem Krückstock, bevor sie durch die rote Drehtür das riesige Krankenhaus betraten, das in seinem Foyer mehr an eine Abflughalle als an eine Klinik erinnerte.

Schnell erreichten die beiden Männer den Keller und dort die grüne Metalltür der Pathologie. Steffens klopfte an den Eingang des Arbeitszimmers von Dr. Münster. Ohne eine Reaktion abzuwarten, traten Kirchfink und sein Chef ein. Dr. Münster missbilligte das Eindringen, indem er nur die linke Augenbraue hochzog und fragend dreinschaute.

»Ich freue mich auch, Sie Beide zu sehen«, begrüßte Dr. Münster seine Kollegen.

»Guten Tag, Herr Dr. Münster«, antwortete Kirchfink ehrfurchtsvoll und sah sich vorsichtig im kühlen Sezierraum um. Er fröstelte.

Steffens nickte dem Pathologen lediglich zu und kam sofort zur Sache: »Also, mein Assistent Kirchfink hat gestern genetisches Material im Pflegestift in Monschau bekommen. Es gehört zum Sohn des verschwundenen Nöllches Schäng. Wie schnell können Sie die Haare mit dem Material, das die Leiche hergibt, abgleichen, um die Identität unseres präparierten Freundes einzugrenzen oder besser noch, zu bestätigen?«, fragte der Kommissar, als er die kleine Plastiktüte rüberreichte.

Dr. Münsters Gesichtsausdruck erstarrte für einen fast unmerklichen Augenblick, bevor er sich schnell wieder gefangen hatte und sich zum Schreibtisch umdrehte. Er blätterte in seinem Terminkalender, als könnte der eine verbindliche Antwort geben. Die ganze Körpersprache demonstrierte innere Anspannung. Das war Steffens nicht entgangen, aber der Kommissar hatte dafür keine Erklärung. Einen Kausalzusammenhang zu den Ermittlungen konnte Steffens nicht erkennen. Hatte der Pathologe eventuell zurzeit wirklich so viel zu tun, dass dem Mediziner der Zeitdruck im Nacken saß? Oder hatte er womöglich etwas zu verbergen?

»Ich ruf Sie an, wenn ich das Ergebnis weiß«, sicherte Dr. Münster zu. »Und jetzt müssen Sie mich entschuldigen, ein nicht vorhersehbarer Termin«, komplementierte er die beiden Ermittler nach draußen.

»Das war ja kurz«, kommentierte Kirchfink, als sie wieder auf dem großen Platz vor dem Klinikgebäude standen.

»Ja«, meinte Steffens nachdenklich. »Damit habe ich auch nicht gerechnet. Ich hatte tatsächlich gedacht, Dr. Münster hätte uns noch irgendetwas Neues zeigen können. Nun gut, dann essen wir jetzt noch ein Aachener Printeneis, das gibt's da vorne am Eiswagen, und dann tauchen wir wieder ein in die Schönheiten der Eifel.«

Hatte er das eben wirklich selber gesagt? Vorige Woche hatte er noch unbedingt in die Stadt gewollt und heute schon Sehnsucht nach der wesentlich ruhigeren Nordeifel? Gedankenversunken schlenderte er mit Kirchfink im Schlepptau in Richtung Eis und mit dieser Beute im Hörnchen weiter zum Auto.

Im Wagen auf dem Weg nach Monschau entschlossen die beiden, an diesem Abend zusammen ein Bier zu trinken. »Beim Axel ist es gemütlich, der heißt übrigens auch Steffens«, gab Kirchfink das Ziel vor.

KAPITEL FÜNFZEHN

Kirchfink öffnete die schwere Tür. Die Scharniere knarzten leise. Ein gut gefüllter Gastraum dominierte das Innere der Wirtschaft. Steffens hatte mit geübtem Blick sofort zwei freie Barhocker nebeneinander entdeckt. Mit einer Kopfbewegung forderte er seinen Assistenten auf, in Richtung Theke zu gehen. Sie enterten die Stühle und Kirchfink übernahm das Bestellen von zwei Bier und zwei Els.

»Ihr Eifler seid auch vor nichts fies!«, kommentierte Steffens den braunen Schnaps, während er geduldig wartete, dass die Ecken des Würfelzuckers in die Flüssigkeit abglitten.

»Chef, das ist Medizin«, grinste sein Assistent. »Es gibt nichts Besseres gegen alles!«

»Na, wenn Sie meinen!«, belächelte jetzt auch Steffens die Situation und kippte den Schnaps auf Ex.

»Brrr!« Der Kommissar schüttelte sich. »Vielleicht gewöhn ich mich ja noch dran. Ihr Eifler habt es ja auch überlebt.«

»Apropos überlebt. Ich krieg das Bild vom ausgestopften Eifelötzi nicht aus dem Kopf. Wieso wurde der präpariert? Warum wurde der überhaupt ermordet. Wer um Himmels Willen hat Interesse an der Leiche eines Obdachlosen?«

»Chef, wir haben Feierabend«, antwortete Kirchfink und begrüßte einen Mann seines Alters, der in diesem Moment die Kneipe betrat. »Darf ich vorstellen? Das ist Benno, mein alter Schulfreund und das ist Steffens, mein neuer Chef.«

»Verwandt mit Axel, dem Wirt?«, fragte Benno

»Keine Ahnung«, antworteten Steffens und Kirchfink gleichzeitig. Die drei Männer stimmten in ein herzliches Gelächter ein.

»Na dann, Axel mach uns noch drei Bier und drei Els!«, bestellte der Assistent.

»Geht aber auf mich«, vervollständigte Steffens.

Benno hatte sich kurz zu ihnen gesellt, bevor er sich zu einer anderen Männergruppe am runden Stammtisch im kleinen Erker gesellte.

»Nee, nee, nee, Kirchfink.« Der Kommissar fing schon an, etwas undeutlicher zu reden. »Wer hat denn Interesse an einem ausgestopften Obdachlosen?«

»Versteh ich auch nicht, Chef. Eine ausgestopfte Katze oder einen Hund, der einen lange Jahre begleitet hat, aber ein Mensch? Und dazu noch einer, den man zu Lebzeiten gar nicht wahrgenommen hat.« Wie um seinen Worten Nachdruck zu verleihen, schüttelte Kirchfink den Kopf. Genauso undeutlich wie eben noch sein Chef, fuhr er fort: »Warum hat denn keiner Nöllches Schäng vermisst?«

»Versteh ich auch nicht, Kirchfink«, antwortete Steffens mit Blick auf sein Handy. »Ich bin im Nirvana oder Dauerfunkloch. Wie schaffen Sie es eigentlich, hier immer Empfang zu haben?«

»Was hat das denn mit dem konservierten Obdachlosen zu tun?«

»Weiß ich auch nicht, Kirchfink, aber selbst der Tusse in Köln scheint es nicht wichtig zu sein, ob ich gut angekommen bin.«

»Und was hat das jetzt miteinander zu tun?« Kirchfink schaute seinen Chef fragend an. »Köln und Monschau ist ja nun nicht wirklich weit voneinander entfernt. Da kann man auch mal hinfahren.«

»Gott bewahre!«, rief Steffens »Sie wissen ja gar nicht, welches Fass dann geöffnet wird.«

»Das will ich auch nicht wissen. Aber da wir schon mal beim Thema Fass sind, der Axel war gerade im Keller und hat ein neues angeschlossen. Axel, mach uns noch zwei und zwei Els!«

Ungläubig starrte Steffens in Kirchfinks Gesicht. Der meinte es ernst. Ungeachtet dessen, dass nicht Freitag war und morgen ein neuer Arbeitstag beginnen würde, prostete der Assistent seinem Chef aufmunternd zu.

Es wurde ein langer Abend in der neuentdeckten Wirtschaft, die unbestritten das Potential hatte, zur Stammkneipe zu werden. Die Hintergrundmusik kam nicht vom Band, sondern von den Gästen, die sich unaufgeregt im Eifler Singsang unterhielten oder sich heftige Diskussionen über weltbewegende Themen wie Fußball, Preissteigerungen und Bürgermeisterwahlen lieferten.

»Eigentlich wie in Köln«, ließ Steffens seinen Assistenten wissen, der ihn daraufhin verblüfft ansah. Er verstand nicht, was sein Chef ihm gerade sagen wollte, erkannte aber am Gesichtsausdruck, dass das vielleicht auch gerade gar nicht so wichtig war. Kirchfink registrierte, dass sich sein neuer Chef wohlfühlte. Und das freute ihn ehrlich!

Angetrunken und leicht schwankend verließen die beiden Männer die Kneipe. Vorher hatte Steffens noch großzügig beide Deckel bezahlt und dem überraschten Axel zu seinem eigenen Einstand ein überzogenes Trinkgeld gegeben.

»Und morgen kommen wir der Lösung des Falls näher«, versprach er seinem Assistenten vor der Haustür der Ferienwohnung.

»Klar Chef«, antwortete Kirchfink und machte sich auch auf den Heimweg.

KAPITEL SECHZEHN

Steffens Kopf brummte. Kein Wunder nach dem Abend bei Axel. Er duschte, löste zwei Aspirin in Wasser auf und hoffte auf Linderung, die heute mit dem Schädel, einer Absolution gleichkommen würde.

Im Büro warteten schon Kirchfink und die beiden Streifenpolizisten Paul Kreitz und Basti Schreiber auf ihn. Sie strahlten den Ankömmling in einer Art und Weise an, die Steffens geradezu körperlich wehtat.

»Gut geschlafen, Chef?«, fragte der etwas vorlautere Basti Schreiber.

Offensichtlich hatte Kirchfink vom gestrigen Abend erzählt. Den schmerzenden Lidern zum Trotz, machte Steffens große Augen und fragte, »Warum nicht? Erzählt ihr mir lieber, was ihr über den Taschendieb wisst.« Der Kommissar machte es sich auf dem Bürostuhl möglichst bequem und schloss die Augen, wie um sich besser auf die Neuigkeiten konzentrieren zu können. In Wahrheit aber wollte er dem Tageslicht entfliehen und sehnsuchtsvoll der Wirkung weiterer Aspirin entgegenwarten.

Unterschwellig bekam er mit, dass es sich bei dem Taschendieb um einen Andrzej Stoy ... soundso handelte, der Mitglied einer Bande war, die sich auf Motorradklau im größeren Stil verstand und dem die Rolle des Taschendiebes nur zum Zeitvertreib diente.

»Und wo ist unser Freund jetzt?«, kam es aus der Richtung des Kommissars, der keineswegs geistesabwesend war.

»Er ist dem Haftrichter in Aachen vorgeführt worden«, wusste Paul Kreitz.

Steffens bewegte sich nicht und auch seine drei Mitarbeiter verhielten sich ruhig. Eine längere, stille Pause folgte, bevor die Lebensgeister wieder Besitz von Steffens ergriffen und dieser zum Thema Nöllches Schäng schwenkte.

»Wenn man eine Leiche zu verbergen hat, wo bewahrt man die auf?«

»Im Kühlschrank oder in der Tiefkühltruhe«, antwortete Basti Schreiber schnell.

»Stimmt, aber wie kriegt man die da rein? Habt ihr hier in der Eifel Kühlschränke oder Gefriertruhen so groß wie Kleiderschränke?«

Die drei Beamten schwiegen. Da war was dran, schließlich war der Eifelötzi nicht zersägt worden, sondern im Ganzen präpariert.

»Die Kühlanlagen frisch gemolkener Milch hätten die richtige Größe«, wusste Paul Kreitz und gab mit dieser Bemerkung den Gedankengängen eine neue Richtung.

Das Telefon schrillte und unterbrach die Stille.

»Münster hier«, meldete sich der Pathologe aus dem Aachener Klinikum. »Es gibt weitere Ergebnisse. Zum einen stimmen die genetischen ›Fingerabdrücke‹ der beiden Männer überein. Euer Eifelötzi ist tatsächlich der Vater des an Alzheimer erkrankten Heimbewohners. Der Tote ist also, wie ihr schon vermutet hattet, der obdachlose Nöllches Schäng. Des Weiteren habe ich eine nur schwer festzustellende Besonderheit gefunden. Nach dem Mord ist die Leiche nicht nur konserviert worden. In Höhe der Nieren ist ein nahezu unsichtbarer, fachmännischer Schnitt gemacht worden, wie ich ihn nur von Organspenden kenne. Aber dem Mann fehlt kein Organ, es wurde ihm auch kein fremdes eingesetzt. Was ihm allerdings wirklich fehlt, ist die Netzhaut an beiden Augen. Noch weiß ich nicht, was ich davon halten soll, vielleicht habt ihr ja eine Erklärung.«

»Was? Nochmal: Als ob eine Niere entfernt oder eingesetzt werden sollte, ist ein feiner Schnitt zu erkennen, aber es wurde im Inneren des Körpers nichts verändert, aber die Netzhaut des Opfers fehlt?« Steffens war hellwach. »Können Sie anhand der Konservierung feststellen, wie lange die Leiche nicht präpariert gelagert worden ist? Soll heißen, gibt es Anzeichen dafür, dass der leblose Körper zunächst gekühlt gelagert wurde, bevor die Konservierung stattgefunden hat?«

»Nein«, antwortete Dr. Münster. »Zu beiden Fragen kann ich keine Antwort geben. Ob das überhaupt noch möglich ist, wage ich zu bezweifeln. Ich melde mich wieder, wenn weitere Ergebnisse vorliegen.« Das leise Knacken in der Leitung zeugte davon, dass Dr. Münster völlig grußlos das Telefonat beendet hatte.

»Hier stimmt was nicht«, sagte Steffens zu seinen Mitarbeitern. »Was ist nur mit Dr. Münster los? Kirchfink, wir beide fahren jetzt erst nochmal zum alten Röder. Danach versuche ich ein vernünftiges Gespräch mit Dr. Münster zu führen.«

»Rader, Chef. Der alte Mann vom Einsiedlerhof heißt Rader«, verbesserte der Assistent.

»Ach, von mir aus! Wir meinen denselben und so wie der ans Bett gefesselt schien, ist der weder in der Lage wegzulaufen, noch uns einen überzubraten, wenn wir ihn mit dem falschen Namen ansprechen. Kommen Sie, mein altes Schätzchen braucht Bewegung. Wir lassen den Streifenwagen hier für Kreitz und Schreiber. Wer weiß, vielleicht gibt es ja wieder Kühe zu jagen?«

Steffens und Kirchfink gingen zum Audi des Kommissars. »Schauen wir uns doch mal die ehemalige Kühlanlage des ehemaligen Milchbauern Rader an«, sagte Steffens, während er sein Auto aufschloss.

»Da bin ich auch gespannt. Die Scheune ist ja groß genug, um einen Kühlraum zu beherbergen. Und das Vorhängeschloss, das uns beim ersten Besuch aufgefallen ist, muss ja eine Bedeutung haben. Wer weiß, was der Alte da alles lagert.«

»Tatsächlich könnte das ja auch seine Werkstatt gewesen sein. Und damit meine ich nicht die normale, wie sie wohl jeder Landwirt hat, sondern die, in der er tote Lebewesen für die Nachwelt präpariert hat.«

»Ja, da ist was dran. So eine große Scheune ist Gold wert, wenn man außergewöhnlichen Hobbys nachgeht. Ich hatte da mal einen Kumpel, der hatte sogar seinen Billardtisch in sowas reingestellt. Was haben wir da für Feten gefeiert.«

Leicht entnervt setzte Steffens diesem Erinnerungsausflug ein Ende: »Ist gut, Kirchfink. Erzählen Sie mir das beim nächsten Bier. Jetzt muss ich mich auf die Strategie konzentrieren, wie wir an den Schlüssel des Vorhängeschlosses kommen. Weder diese Magda, noch der alte Rader selber schienen begeistert gewesen zu sein und werden auch unseren zweiten Besuch nicht als äußeres Zeichen unserer Sympathie verstehen. Das wäre doch ne Nummer, zwei Fliegen mit einer Klappe. Fast zu schön und doch irgendwie passend. Andrzej klingt ja auch irgendwie polnisch.«

KAPITEL SIEBZEHN

Der Kies knirschte unter den Rädern, als der alte Audi in die Einfahrt abbog. Das Geräusch drang bis in die kleine Wohnküche des Einsiedlerhofes und weckte Magdas Aufmerksamkeit. Behutsam schob sie die gestreifte Gardine zur Seite und lugte vorsichtig durch das Fenster, das als einziges den Blick auf den ganzen Vorderhof freigab.

»O Gott!«, entfuhr es ihr. »Die waren doch schon mal da.«

Kaum hatte sie es gedacht, hörte Magda auch schon die Türglocke. Zunächst zögerte sie, aber da ertönte zusätzlich aus dem Hinterzimmer die Stimme des bettlägerigen Mannes.

»Kött do Besück, Magda? Dann loss se doch renn!«

»Ja, ja, ich geh ja schon.« Sich an den eigenen Stolz erinnernd, straffte Magda die Schultern, schritt zur Tür und öffnete sie gerade in dem Moment, als Steffens ein zweites Mal und energischer klingelte.

»Na endlich!«, begrüßte Steffens die junge Frau. »Dürfen wir reinkommen?«

Ohne eine Zustimmung abzuwarten, schob Steffens Magda zur Seite und betrat das Innere des kleinen Wohnhauses. Kirchfink folgte ihm direkt. Zunächst mussten sich die Augen der beiden Männer an das Dämmerlicht im Raum gewöhnen.

»Wir brauchen den Schlüssel zur Scheune!«, kam der Kommissar sofort zur Sache.

»Ich nicht haben. Vielleicht Herr Rader hat Schlüssel.«

Damit hatten die beiden Männer gerechnet.

»Warum erstaunt mich das jetzt nicht?«, bemerkte Steffens leise.

»Gut, dann fragen Sie ihn!«, bat Kirchfink an Magda gerichtet und schob sich, wie zur Untermalung seiner

Worte, den Krawattenknoten zurecht. Steffens beobachtete ihn belustigt, wurde aber sofort wieder ernst.

Magda verschwand im hinteren Zimmer, in dem, wie die beiden Männer von ihrem ersten Besuch her wussten, der alte Herr Rader sein Dasein fristete. Wie zwei Hunde hoben die beiden Ermittler ihre Nasen in die Luft, aber beide bemerkten, dass kein unangenehmer Geruch nach Krankheit und Alter beim Öffnen der Tür aus dem Zimmer strömte. Magda machte ihre Sache gut, das war klar!

Aus dem Zimmer drangen gedämpfte Stimmen bis in die Wohnküche. Offensichtlich war da eine Diskussion entbrannt, die kurz vor der Eskalation stand. Aber so sehr sich Steffens und Kirchfink auch anstrengten, die Wortfetzen ergaben keinen Sinn: »… Chemikalien, … Skalpell, … Werkzeug …!«, waren die Wortfetzen des alten Mannes. »Rader, … Polizei, … draußen …!«, konterte die polnische Pflegekraft.

Die beiden Beamten konnten sich die Diskussion lebhaft vorstellen, aber Steffens schwoll der Kamm. Und bevor Kirchfink seinen Chef noch bremsen konnte, klopfte der aufgebrachte Kommissar mit einer solchen Wucht gegen die Schlafzimmertür, dass diese nachgab und er sich schneller als er gedacht hatte im Schlafzimmer des alten Rader wiederfand. »Also, hören Sie jetzt mal gut zu«, beschwor er den aufrecht im Bett sitzenden Patienten, »Sie geben mir jetzt sofort den Schlüssel zu der alten Scheune, oder ich lasse Sie mit einem Krankentransport ins Präsidium bringen. Dort wird es nicht so kuschelige Komfortbetten geben, wie Sie hier genießen können.«

Der Alte sah dem Kommissar hilflos in die Augen. Er war klar genug, um zu erkennen, dass hier und jetzt jeder Widerstand zwecklos war. Dennoch überlegte er in Sekundenschnelle, welche Möglichkeit es noch gab, den Schlüssel nicht rauszurücken.

»Und denk erst gar nicht daran, den Schlüssel nicht rauszurücken!«, ermahnte die beißende Stimme des

Kommissars, als ob er Gedanken lesen könnte. »Ich habe meinen Revolver mit, der kann auch ohne Schlüssel jedes Schloss sprengen.« Und wie zur Untermalung seiner Worte schob Steffens die linke Seite seiner Lederjacke leicht zur Seite, sodass der alte Rader das Holster sehen konnte.

Ein tiefer Atemzug des Bauern verriet, dass er unmissverständlich eingesehen hatte, wie sinnlos es war, weiter auf Stur zu schalten. Mühsam drehte er sich zu seinem Nachttisch und öffnete die oberste Schublade. Angespannt beobachtete Kirchfink die Situation von der Türe aus, bereit, seinem Chef sofort zur Hilfe zu eilen, sollte der Alte jetzt doch noch zu irgendwelchen Mätzchen bereit sein. Auch Magda war vorsichtig in Deckung gegangen. Das alles hatte Steffens natürlich registriert. Hatte der alte Bauer denn eventuell doch noch eine Waffe in der Kommode? Dessen knöcherne Hand griff in das Innere des kleinen Schrankes und kam mit einem Wurfmesser bewaffnet wieder raus. Plötzlich zielte er gegen Steffens und der silbern blitzende Gegenstand schwirrte durch die Luft. Steffens duckte sich instinktiv, spürte aber sofort einen stechenden Schmerz im linken Oberarm. Seine rechte Hand griff zu der Stelle, wo das Messer einen kleinen Riss in seiner heißgeliebten Lederjacke und auch in der Haut seines Oberarms hinterlassen hatte. Verdutzt schaute er auf das Handgemenge, das Kirchfink entfacht hatte, um dem alten Mann Handschellen anzulegen. Magda hatte schreiend das Zimmer verlassen und sich hinter dem Tisch in der Wohnküche versteckt.

»Magda, wo gibt es hier Verbandszeug?«, rief Steffens »Helfen Sie mir irgendwie. Es scheint nicht schlimm zu sein, aber ich hasse Blutflecken!« Und zum mittlerweile in Handschellen liegenden Rader sagte er aufgebracht: »Rader, das ist doch scheiße! Glaubst du alter Kerl wirklich, das wäre eine Superidee gewesen?«

Sein Gegenüber starrte vor sich hin. Ihm war nicht entgangen, dass Kirchfink seine Kollegen angerufen hatte, um ihn hier rauszuholen und abzuführen – wie auch immer das möglich wäre.

Steffens ging zu Magda in die Küche, zog die Jacke aus und realisierte, dass der kleine Schnitt unterhalb des kurzen Ärmels seines T-Shirts war. Der linke Ärmel seiner Lederjacke war allerdings reparaturbedürftig.

Magda hatte sich von ihrem Schrecken schnell erholt. Sie bot dem Kommissar ein Glas Wasser an und half ihm, einen fachmännischen Verband anzulegen. »Nicht so schlimme Wunde, aber schlimmer Mann. Ich ihn so nicht kenne«, machte sie ihrer Anspannung Luft. »Ich kann heilmachen Leder. Wird von anderer Seite geklebt. Dann man sieht nichts mehr von Riss«, bot sie dem Kommissar an, nachdem sie die Lederjacke in Augenschein genommen hatte.

»Okay, damit bin ich einverstanden«, stimmte Steffens zu. Dieses Kleidungsstück hatte schon viele Spuren seiner Polizeiarbeit hinnehmen müssen. Bislang waren es Flüssigkeiten oder Fettflecken gewesen, eine echte Kerbe war neu, aber die Aussicht auf einen reparierten Ärmel dämpfte den Ärger.

Kurze Zeit später erreichte der Streifenwagen mit Paul Kreitz und Basti Schreiber den Hof. Noch bevor die Türglocke geläutet wurde, ging Kirchfink den Beiden entgegen. »Kommt der bestellte Krankentransporter auch noch?«, fragte er seine Kollegen. »Ja sischer dat!«, antwortete Basti Schreiber bewusst lässig und mit Eifler Sprachmelodie. »Net so schnell und unjeduldisch. Wie geht es denn unserem Chef, dem Opfer?«

»Gut«, antwortete Steffens selber und trat mit dem Verband am Arm, nur mit Jeans und T-Shirt bekleidet zu den drei Männern im Hof. »Schade um die Jacke, aber die polnische Pflegekraft hat mir nicht nur einen professionellen Verband gemacht, sie traut sich auch zu, den Schnitt im Lederärmel zu reparieren. Kostet mich ein bisschen Überwindung, aber so kann ich das Ding ja auch nicht mehr anziehen.«

Schon von Weitem war das Martinshorn zu hören und jetzt auch das Blaulicht zu sehen. Der Krankenwagen steuerte in die Einfahrt und blieb unmittelbar vor dem Streifenwagen stehen. »Wo ist der halbstarke Opa denn?«, fragte der erste Sanitäter, bevor der Fahrer ausgestiegen war.

»Der sitzt in Handschellen auf seinem Bett und freut sich auf euch. Endlich mal was anderes, als dieser altbekannte Einsiedlerhof«, antwortete Kirchfink und mahnte die beiden Männer mittels einer Kopfbewegung, bloß keine flapsige Bemerkung in Richtung Kommissar zu machen. Sie hatten verstanden. Der Fahrer ging freundlich auf Steffens zu und erkundigte sich nach der Wunde.

»Kleiner Schnitt durch Wurfmesser«, antwortete Steffens schmallippig. »Vielleicht solltet ihr den tatsächlich noch desinfizieren, obwohl Magdas Verband ziemlich gut ist.«

»Kein Problem, komm mal in den Wagen, ich schau mir das an.« Er wandte sich dem zweiten Sanitäter zu: »Währenddessen kannst du ja mal den renitenten Herrn begrüßen und feststellen, wieviel der noch alleine gehen kann, sonst wird er eben auf der Trage rausgeholt.« Und an Magda gerichtet bat er um das Zusammenpacken einiger Kleidungsstücke und Waschzeug für ein paar Tage.

»Wo bringt ihr den denn jetzt hin?«, fragte Kirchfink, während sein Chef im Krankenwagen versorgt wurde. »Entweder in die JVA auf deren Krankenstation, oder nach Düren in die Sicherheitsverwahrung. Wir warten noch aufs grüne Licht.«

Der Sanitäter im Inneren des Krankenwagens warf einen prüfenden Blick auf die Wunde. »Heijeijei, Kommissar, da haben Sie aber mehr als Glück gehabt. Scheint nur oberflächig zu sein. Danken Sie das mal

Ihrer Lederjacke. Aber eine Tetanusspritze und vielleicht doch ein oder zwei Stiche nähen fände ich nicht verkehrt. Sie können vorne sitzen, der Alte und mein Kollege hinten, dann bringe ich Sie schnell ins Krankenhaus nach Simmerath.«

»Da habe ich heute wirklich keine Zeit für«, schüttelte Steffens den Kopf. »Desinfizieren könnt ihr doch hier auf dem Bock und kleben reicht. Meine Lederjacke wird ja auch nicht genäht.«

»Kleben ist gut«, lachte der Sanitäter. »Okay, klammern, darauf lasse ich mich ein, aber dann müssen Sie mir versprechen, wenn es Komplikationen gibt, sofort nach Simmerath zu kommen. So ein Arm, auch wenn es der linke ist, wird viel beansprucht.«

Die zum Glück kleine Wunde wurde fachmännisch versorgt und über die Tetanusspritze nicht mehr gesprochen.

Steffens entstieg dem Krankenwagen, froh, noch mal so gerade mit dem sprichwörtlichen »Blauen Auge« davongekommen zu sein. Wie ein guter Geist brachte Magda genau in diesem Augenblick ein Tablett mit Bechern dampfenden Kaffees nach draußen. Genau das Richtige und Steffens lächelte sie dankbar an.

Nachdem die beiden Sanitäter den schweigenden alten Rader im Krankenwagen verstaut hatten, grüßten sie freundlich bei der Abfahrt und ganz plötzlich war Stille im Hof. Verlegen schaute Magda von einem zum anderen. »Und jetzt?«, fragte sie vorsichtig.
»Jetzt geben Sie uns bitte den Schlüssel zur Scheune«, antwortete Steffens ruhig aber bestimmt. Sie ging, gefolgt von vier Beamten ins leere Schlafzimmer und öffnete die Kleiderschranktür. An deren Innenseite war ein Schlüsselbrett angebracht. Gezielt griff Magda nach einem gelb gekennzeichneten Schlüssel und übergab ihn dem Kommissar. »Na bitte, geht doch«, freute er sich und schaffte es sogar, Magda zuzuzwinkern. Die aber schaute nervös zu Boden und erinnerte ihn an ein

Kind, das verbergen wollte, dass es etwas ausgefressen hat. Intuitiv forderte er Magda auf mitzukommen.

»Ich Angst in Scheune«, wehrte sie ab.

»Für Angst gibt es keinen Grund, es sind vier Männer bei Ihnen und der alte Herr Rader ist vorerst gut versorgt, auch ohne Sie.« Steffens ließ sich auf das Theater nicht ein und so musste Magda mitgehen. Es war nicht zu übersehen, dass sie sich immer mehr sträubte, je näher die kleine Karawane dem Scheunentor kam.

Steffens war überrascht, wie leichtgängig sich das Vorhängeschloss öffnen ließ und auch der Sicherheitsriegel glitt wie frisch geölt zur Seite.

»Na, wenn da mal nicht vor Kurzem noch einer drin gewesen ist«, bemerkte Kirchfink, dem ebenfalls nicht entgangen war, wie geräuschlos die kleine Tür im Scheunentor nach innen aufging.

Alle fünf mussten sich nach dem gleißenden Sonnenlicht kurz an das Dunkle gewöhnen. Aber schnell erkannten die Polizisten, dass sie es hier nicht mit dem normalen Interieur einer Bauernhofscheune zu tun hatten. Kein alter Deutz-Traktor, keine Eggen, kein Werkzeug für die Heuernte, keine Melkanlage, nur ein alter Besen und eine Schneeschaufel, beides überdimensional groß, erinnerten an den Landwirtschaftsbetrieb. Ab einer Höhe von circa drei Metern wurde der Staub von riesigen Spinnweben aufgehalten. Darunter waren die Wände erstaunlich sauber. Auch der Boden schien noch vor kurzem gesäubert worden zu sein.

Steffens drehte den alten schwarzen Lichtschalter. Es flackerte mehrere Male, dann durchflutete grelles Licht den Raum. An der rechten Wand waren Leuchtstoffröhren installiert, die zweifellos einmal die Aufgabe gehabt hatten, den langen Arbeitstisch möglichst schattenfrei zu beleuchten. Große Kanister mit Chemikalien standen unter der Arbeitsfläche. An der Wand in Griffhöhe hingen fein säuberlich neben unterschiedlichen Kämmen auch die Werkzeuge, die man wohl ebenfalls beim Chirurgen finden würde. Holzblöcke verschiedener Größe und Dicke warteten ordentlich aufgereiht und griffbereit auf ihren Einsatz.

Kirchfink sog laut hörbar die Luft ein. »Hier also hat der alte Rader die Tiere seiner Kundschaft präpariert. Ich habe keine Ahnung, wie das geht, aber irgendwie erscheint mir das ordentlich aufgeräumte Equipment in seiner Funktion logisch.«

Die anderen drei Männer nickten zustimmend, nur Magda stand noch immer am Eingang, sichtlich unangenehm berührt. Fast hätten die Männer die junge Frau vergessen, aber da drehte sich Steffens nach ihr um. »Waren Sie schon mal hier drinnen?« Magda zitterte am ganzen Leib, trotz der warmen Temperaturen draußen. »Ja«, war die knappe Antwort. »Dann können Sie mir vielleicht erklären, wozu der Herr Rader diese Werkstatt gebraucht hat?«

Magda schüttelte den Kopf und widerstand nur schwer dem Impuls, diesen ungemütlichen Raum sofort zu verlassen. Ihre Augen tasteten die Wände ab, so als ob sie etwas suchten. Dabei blieben sie immer wieder an der Galerie hängen, wo früher wahrscheinlich das Heu gelagert worden war. Steffens folgte still ihrem konzentrierten Blick und da sah er es auch. Die dicke Staubschicht war an einer Stelle unterbrochen. Fast sah es so aus, als ob dort jemand gelegen hätte. Vielleicht noch ein Obdachloser, der hier übernachten durfte?

»Wohin führt denn diese Tür?«, unterbrach Kirchfinks Frage die Beobachtungen des Kommissars und er zeigte auf eine klassische Metalltür, deren Verriegelung ein langer Hebel war, wie man sie in Metzgereien finden kann.

»Gehen wir doch mal rein«, antwortete Basti Schreiber, der sich, genau wie sein Kollege Paul Kreitz, die ganze Zeit erstaunlich ruhig gehalten und mit einer Mischung aus Faszination und Abscheu den ungewöhnlichen Arbeitsplatz inspiziert hatte. »Warten Sie Chef, ich mach das schon, seien Sie mal vorsichtig mit dem Arm.« Mit dieser Ermahnung ging er, gefolgt von Kreitz, zum hinteren Teil der Scheune und drückte den Hebel kräftig nach unten. »Sesam öffne dich!«, beschwor Schreiber mit tiefer Stimme den Riegel, aber auch dieser Mechanismus glitt wie geschmiert und ohne jegliches Geräusch öffnete sich die Tür.

»Da ist er ja, der Kühlraum, der in keinem Milchbetrieb fehlen darf«, stellte Paul Kreitz fest. »Das ist so eine Kühlanlage, in der man nicht nur Milch, sondern auch tote Tiere aufbewahren kann, bevor sie präpariert werden. Ich lasse Ihnen den Vortritt.« Und mit einer galanten Verbeugung machte Paul Kreitz den Weg frei für den neugierigen Kommissar. »Oder Leichen, die nach der Einbalsamierung versteckt werden müssen«, ergänzte Steffens. Kaum hatte er das ausgesprochen, hörten die vier Männer, wie Magda aus der Scheune flüchtete und verdammt schnell über den Hof in Richtung Wohnhaus rannte. Ohne zu zögern liefen Kreitz und Schreiber hinterher.

»Na, na, na, was soll das denn?«, fragte Basti Schreiber die polnische Frau. »Ist was in dem Kühlraum, vor dem Sie Angst haben?«

Widerwillig ließ Magda sich erneut zur Scheune begleiten. Am Eingang stand der Kommissar und beobachtete sie aufmerksam. Er zwang sich, besonders freundlich zu sein, schließlich stand da noch die Reparatur seiner Jacke an.

Unmittelbar vor dem Tor blieb die junge Frau stehen. Ihr Zittern erinnerte an Schüttelfrost ohne Frost. Offensichtlich spielten ihr ihre Nerven einen Streich. Behutsam trat Steffens auf Magda zu: »So, jetzt mal ganz in Ruhe, möchten Sie nicht in die Scheune gehen?«

»Nein!«, antwortete die Polin bestimmt.

»Was ist hier passiert?«, fragte der Kommissar weiter.

»Im großen Kühlschrank toter Mensch und tote Tiere.«

Entsetzt starrten alle vier Männer sie an. Offensichtlich war Magda einem Zusammenbruch nah und zitterte immer stärker. Niemand von ihnen hatte im Kühlraum eine Leiche oder Tierkadaver gesehen. Im Gegenteil, der kalte Abstellraum war pikobello sauber.

»Sagen Sie das noch mal!«, forderte diesmal Kirchfink die Frau auf. Die aber hüllte sich in Schweigen und starrte vor sich auf den Boden, als ob dort die Antwort in Stein gemeißelt zu finden wäre.

»Im Kühlraum sind keine toten Tiere und erst recht keine toten Menschen«, versuchte Steffens zu beruhigen.

»Ich weiß, jetzt alles leer. Aber waren drin«, beharrte Magda auf ihrer Aussage.

»Das ist ja interessant. Kirchfink, veranlassen Sie bitte die Spurensicherung, das Nebengebäude zu inspizieren, die Herren Kreitz und Schreiber fahren wieder zur Polizeistation, die ist schon viel zu lange unbesetzt und wir beide unterhalten uns im Haus.« Bei den letzten Worten zeigte er auffordernd auf Magda, die ihn wie ein Lamm seiner Mutter folgt, zum Wohnhaus begleitete.

KAPITEL ACHTZEHN

In der Wohnküche setzten sich Steffens und Magda an den Esstisch. Eine unangenehme Stille folgte. Während Magda immer noch sichtlich nervös auf ihre Finger starrte, räusperte sich der Kommissar und schaute aufmunternd in das blasse Gesicht seines Gegenübers.

»Sie haben also tote Menschen und tote Tiere in dem Kühlraum gesehen?«

»Nein, ich nicht, Andrzej hat sie gesehen.«

»Sie meinen Ihren Bruder?«

»Andrzej ist mein Halbbruder. Er auch in der Scheune geschlafen.«

»Und lebt er noch?«, fragte der Kommissar völlig unnötig, schließlich wusste er doch zu genau, dass sich der kleine Taschendieb in U-Haft befand.

»Ich denke ja«, antwortete Magda. »Eines Tages der alte Herr Rader hat gesagt, ich soll die Leichen aus Scheune rausholen. Ich weiß noch, wie ich war erschrocken. Dann hat er Geld geboten, wenn ich ihm helfe. Ich also Andrzej angerufen. Der gekommen und geholfen. Ein paar Tage Arbeit, er hat geschlafen oben, wo Heu liegt, jetzt alles leer.«

Ungläubig musterte Steffens die so harmlos wirkende Frau. So wenige Sätze und eine scheußliche Geschichte breitete sich vor ihm aus. Der Kommissar musste sich bewegen, um diese Ungeheuerlichkeit zu verdauen oder zumindest zu verstehen. Er ging zum Fenster, öffnete es, atmete tief die frische Nachmittagsluft ein und rief nach seinem Assistenten.

Kirchfink betrat die Wohnküche und sah fragend von einem zum anderen.

»Machen Sie es sich bequem«, forderte sein Chef ihn auf. »Hier beginnt es jetzt gemütlich zu werden, oder auch spannend, ganz wie Sie wollen.«

Der zynische Unterton in der Stimme seines Vorgesetzten war Kirchfink nicht entgangen und so nahm er neugierig Platz. Da Magda es vorzog, wieder stur vor sich hin zu starren, übernahm es Steffens, noch einmal das eben Gehörte zu repetieren.

Fassungslosigkeit übermannte Kirchfink: »Soll das heißen, im Kühlraum lagen tatsächlich tote Tiere und mindestens eine menschliche Leiche? Und unser kleiner Taschendieb machte nicht nur vor Motorrädern halt, sondern war auch noch der Tatortreiniger für den alten Rader?«

»Mit wenigen Worten mal wieder alles auf den Punkt gebracht«, nickte Steffens zustimmend.

»Und wie hat er die Leiche weggebracht, oder auch sehr wichtig, wohin hat er sie gebracht?«, stellte Kirchfink die nächste Frage.

»Mit meinem kleinen Auto irgendwo in Wald vergraben«, meldete sich Magda wieder zu Wort. »Aber ich nicht wissen, wo.«

»Aber wir wissen, wo!«, konterte Steffens. Das also war die Geschichte zu dem Leichenfund am Tage seiner Ankunft.

Jetzt war es Magda, die den Kommissar ungläubig anstarrte. Sie verstand nichts mehr. Der alte Rader weg, ihr Halbbruder hatte sich schon ein paar Tage nicht mehr gemeldet, ihr Auto war irgendwo.

»Wo ist denn jetzt eigentlich Ihr Auto?«, fragte Kirchfink

Sie hob die Schulter und ließ sie langsam wieder sinken. »Ich nicht weiß!«, antwortete Magda. »Ich auch nicht weiß, wo Andrzej ist jetzt.«

»Okay, ich glaube Ihnen«, antwortete Steffens. »Ich sehe dahinten die Autos der Kollegen von der Spurensicherung. Mein Assistent und ich werden den Herren jetzt erst mal entgegengehen. In der Zeit vertraue ich Ihnen meine Lederjacke an. Gehen Sie gut mit ihr um, dann verrate ich Ihnen, wo Sie Andrzej in ein paar Tagen besuchen können. Ich bin gespannt, wie gut Sie den Ärmel flicken können.«

Fast dankbar widmete sich Magda der Aufgabe, vorsichtig den Futterstoff zu lösen, um an die Innenseite des Lederärmels zu gelangen. Die konzentrierte Handarbeit lenkte sie für diesen Moment von den Ereignissen ab und ließ sie so zur Ruhe kommen.

»Mein Gott, Sie geben aber wirklich Gas«, wurde Steffens von einem der Beamten von der Spurensicherung begrüßt. »In wenigen Tagen das zweite Mal in der Eifel, sowas hatten wir vorher hier nicht.«

Steffens zuckte mit den Schultern. »Scheiße«, meinte er nur und legte seine rechte Hand vorsichtig auf die Wunde an seinem linken Arm, die jetzt doch noch anfing zu pochen. Er fröstelte. Seine Lederjacke fehlte ihm. Steffens fühlte sich verletzlich ohne sie.

»Gleichen Sie die gefundenen Spuren unbedingt mit der Leiche des Obdachlosen ab. Sie finden den Herrn in einer der Schubladen von Dr. Münster. Ach ja, und in U-Haft sitzt ein gewisser Andrzej Stoyczek. Könnte sein, dass Sie von dem auch Material hier finden. Ich geh jetzt mal rein, mir ist kalt.«

Die weißbekleideten Herren in ihren Schutzanzügen schwärmten aus, Kirchfink und Steffens leisteten Magda am Esstisch Gesellschaft, die gerade dabei war, den Futterstoff wieder vorsichtig zusammen zu nähen. Mit ihrer Geschicklichkeit hatte sie es tatsächlich geschafft, den Ärmel so gut zu reparieren, dass die hauchdünne Naht im Leder von außen jetzt so aussah, als ob sich das Tier zu Lebzeiten am Stacheldrahtzaun gekratzt hatte.

»Bemerkenswert«, nickte Steffens anerkennend. »Und auch irgendwie konserviert.« Und mit dieser Bemerkung wanderte sein Blick schon fast melancholisch über die vielen Spuren, die sich während seiner Polizeiarbeit in Köln auf der Jacke verewigt hatten.

Der Kommissar streifte die Jacke langsam und sehr bewusst über.

KAPITEL NEUNZEHN

Am nächsten Morgen fuhren Kirchfink und Steffens wieder nach Aachen. Diesmal nahmen sie die Autobahn und gelangten so ohne große Umwege direkt zur JVA neben dem legendären Reitstadion des berühmten CHIO.

Die beiden waren angemeldet, aber dennoch mussten sie sich in der Sicherheitsschleuse sämtlichen Kontrollen unterziehen, um dann schließlich mit dem Gefängnisleiter sprechen zu können.

»Das ist ja ein Ding. Dann ist wohl der Fisch, der bei uns einsitzt, doch dicker als wir gedacht haben. Das nenne ich mal Fahndungserfolg«, meinte er freundlich zu Steffens.

»Na, ich bin mir da noch nicht so sicher. Vorerst ist er ein Taschendieb, der dummerweise einen Kommissar beklaut hat. Im Zuge dessen sind wir darauf gestoßen, dass er wohl auch vor schweren Motorrädern keinen Respekt hatte. Vermutlich so eine Art Beschaffungskriminalität. Wie das jetzt mit der verscharrten Leiche zusammenpasst, müssen wir nun rauskriegen«, antwortete der Kommissar ebenso freundlich.

»Ich habe schon einem meiner Beamten die Anweisung gegeben, unseren Freund ins Verhörzimmer zu bringen. Wenn Sie möchten, bleiben wir hinter der schwarzen Scheibe. Kommt immer gut, wenn man sich auf Zeugen des Verhörs berufen kann.«

»Gerne, das wäre mir sehr recht. Aber meinen Assistenten, Kirchfink, nehme ich mit rein.«

In Begleitung des Gefängnisleiters und eines weiteren JVA-Beamten gingen Steffens und Kirchfink durch die langen Flure, durch Schleusen und vorbei an vergitterten Räumen in den Teil des Gebäudes, der normalen Besuchern nicht zugänglich war. Es roch nach

Kantinenessen. Geräusche aus der nahegelegenen Küche ließen erahnen, dass hier gerade das Mittagessen für alle Insassen und deren Betreuer vorbereitet wurde. Sie kamen am Speisesaal vorbei. Tischgruppen für bis zu acht Personen wurden eingedeckt. Dabei halfen zweifellos Gefangene mit. Sie trugen die blaue Einheitstracht und ein Haarnetz auf dem Kopf. Schwarze Einmalhandschuhe sollten helfen, den hygienischen Standard einzuhalten. Eine Beamtin führte genau Buch darüber, welche und wie viele Messer zu den Gedecken gehörten. Auch die Gabeln wurden entsprechend dokumentiert.

»Das geht in der Küche genauso«, fühlte sich der Leiter verpflichtet, den beiden Ermittlern zu erklären. Natürlich wussten das beide Männer, aber er gehörte zweifellos zu den Menschen, die nicht einfach schweigend daher gehen konnten. »Die Küchenhelfer sind auch Insassen, die je nach Schwere ihrer Schuld tatsächlich mit Messern bei den Vorbereitungen, wie zum Beispiel Gemüseschneiden, helfen dürfen. Aber auch dabei werden die Messer genauestens registriert. Und wehe, es fehlt am Ende des Tages so ein Dolch. Alles schon mal dagewesen. Sie glauben gar nicht, was das dann alles nach sich zieht.«

»Ich kann es mir lebhaft vorstellen«, antwortete Steffens höflich, dem solche Dinge durchaus nicht unbekannt waren. Und auch Kirchfink nickte mit dem Kopf.

Sie blieben vor einer schweren Tür mit kleinem Sichtfenster stehen. »Hier entlasse ich Sie und übergebe Sie an unseren Neuzugang. Wir selber sind direkt gegenüber dieser Tür hinter dem Glas. Wie Sie ja wissen, kann der Häftling uns nicht sehen, aber seien Sie sicher, wir werden Sie aufmerksam beobachten. Ich gebe Ihnen noch den mobilen Alarmknopf. Sollten Sie das Gefühl haben, dass das hier eskaliert, drücken Sie den kleinen Buzzer, sofort greift dann unser Sicherheitskonzept.«

Wie das aussehen würde, erklärte er nicht. Aber Steffens und Kirchfink fühlten sich der Situation durchaus gewachsen.

Beim Eintreten erkannte Andrzej Stoyczek sie sofort. Davon zeugte sein erstaunter und doch wissender Gesichtsausdruck.

»Bleiben Sie sitzen, lassen wir die Förmlichkeiten«, blaffte Steffens kalt, als Andrzej Anstalten machte aufzustehen und setzte sich dem U-Häftling gegenüber auf einen Stuhl. Allerdings benutzte er das Möbelstück verkehrt herum, so dass die Lehne nicht seinen Rücken, sondern seine Brust stützte.

Kirchfink lockerte leicht den Krawattenknoten und nahm an der Stirnseite des kleinen Tisches Platz. Die beiden Ermittler hatten wohlweislich und wie abgesprochen darauf geachtet, den Beamten hinter der verdeckten Glasscheibe nicht die Sicht zu versperren.

»Na dann erzählen Sie mal!«, forderte Steffens Magdas Halbbruder auf.

»Sie wissen doch schon alles. Ich habe Scheiße gebaut, weil ich einem Kommissar das Portemonnaie geklaut habe. Konnte ja keiner ahnen, dass einer wie Sie aussieht wie ein Tourist in Monschau.«

»Einverstanden, das war keine Heldentat.« Kirchfink rutschte etwas näher an den Tisch, als sein Chef mit dem Verhör fortfuhr. Dieser nahm das Portemonnaie aus der Gesäßtasche seiner Jeans und legte es auf den Tisch. Andrzej starrte auf das schwarze Leder. »Es ist leer, ich schenke es Ihnen, ich habe ein neues.«

Ungläubig musterte der Häftling den Kommissar und auch Kirchfink horchte auf. Hier begann wohl eine etwas andere Art der Beweisaufnahme.

»Wahrscheinlich brauchen Sie tatsächlich bald ein zweites oder sogar drittes Portemonnaie, um das ganze Geld zu verstauen, was der alte Rader Ihnen geboten hat.«

»Ich nicht verstehen«, antwortete Stoyczek. Seine Augen verkleinerten sich zu einem Schlitz, beobachteten aber immer noch hellwach den Kommissar.

»Macht nichts, ich helfe gerne nach«, antwortete Steffens. »In der Scheune vom alten Rader werden tote Tiere vermisst. Die Jäger der erlegten Strecke warten schon länger auf ihre ausgestopften Trophäen. Haben Sie die vielleicht zu einem anderen Präparator gebracht, weil der alte Mann Sie darum gebeten hatte? Er selber war ja nicht mehr in der Lage, selber zu präparieren.«

Eine augenscheinliche Entspannung machte sich bei Andrzej breit. Er atmete offensichtlich erleichtert aus.

»Ja stimmt, dafür er hat versprochen Geld«, antwortete der Häftling bereitwillig.

»Für was noch?«, hakte Steffens nach.

»Ich wieder nicht verstehen«, war die Antwort.

»Vielleicht fürs Saubermachen der Scheune?«

»Ja, ja natürlich«, nickte Andrzej eifrig.

»Und was gab es da noch?«, fragte der Kommissar scheinheilig und tippte wie zufällig auf sein altes Portemonnaie.

Bleierne Stille lag über den drei Männern. Die Luft war zum Zerschneiden. Keiner bewegte sich und die beiden Ermittler starrten auf den U-Häftling. Der glotzte allerdings nur vor sich hin und ließ keine Regung erkennen.

»War da vielleicht auch die Leiche eines toten Mannes?«, zischte Steffens plötzlich und packte gleichzeitig das alte Portemonnaie wieder ein. Er hatte sich vom Stuhl erhoben, ging einmal um den Häftling, den Tisch einschließlich Kirchfink herum und setzte sich wieder in bekannter Manier hin. Dabei hatte der Kommissar den jungen Mann voll im Blick.

»Taschendieb, okay das hat was von Oliver Twist, Motorräder grenzt an Beschaffungskriminalität, das ist schon weniger harmlos, aber Leichen verschwinden zu lassen und Tatortsäubern ist schon eine andere

Nummer! Und kommen Sie mir jetzt nicht damit, dass Sie mich nicht verstehen! Was hat der alte Rader denn springen lassen? Was hat der Ihnen denn erklärt, wo die Leiche herkommt? Die sollte ja wohl kaum als Requisit für ein Theaterspiel dienen!«

Steffens Geduldsfaden neigte sich gefährlich nah seiner eigenen Zerreißprobe. Kirchfink beobachtete die aufsteigende Ungeduld bei seinem Chef und griff ins Verhör ein. Er wandte sich dem jungen Polen zu, dessen Körperspannung erheblich nachgelassen hatte. Andrzej saß zusammengesunken auf dem ungemütlichen Plastikstuhl, kaum mehr einer Antwort fähig. Trotzdem donnerte die nächste Frage, diesmal von Kirchfink gestellt, auf ihn nieder: »Sie haben doch die Leiche entfernt, sie in Magdas Auto gelegt und dann im Wald oberhalb von Mützenich verscharrt, oder?«

Das war zu viel für Andrzej. Woher wussten die Beiden von seiner Schwester, von deren Auto, von der Stelle im Wald und überhaupt vom Einsiedlerhof mit dessen Nebengebäuden? Kopfschüttelnd gab er auf. Sämtlicher Widerstand schien gewichen. Aber es war ein Ehrenkodex, nicht auch noch seine Schwester in diesen Schlamassel mit hineinzuziehen.

Der junge Mann sprang plötzlich und völlig unerwartet auf, der rote Plastikstuhl fiel krachend nach hinten, während Andrzej gleichzeitig nach Kirchfinks Krawatte griff und daran zog, um dessen Kopf näher an sich heranzuholen. Die beiden Gesichter waren sich gefährlich nah gekommen und Kirchfink musste den unangenehmen Mundgeruch des Inhaftierten einatmen, während er in Sekundenschnelle alle Optionen durchdachte, die ihm blieben, um aus dieser misslichen Lage wieder herauszukommen.

Steffens war sich sicher, dass hinter der Glasscheibe jetzt auch der Teufel los war. Aber auf das Einschreiten der Beamten konnte er nicht warten. Er drückte den kleinen Knopf des mobilen Alarmsystems, warf es dann in die Ecke, um beide Hände frei zu haben. Gekonnt wirbelte der Kommissar herum, und mit einem gut platzierten Schwung des rechten Beines traf er den überraschten Stoyczek in den Unterleib. Heulend und nach Luft schnappend, ging dieser genau in dem Moment zu Boden, als die Tür aufgerissen wurde und mehrere Beamte inklusive des Gefängnisleiters in den Raum stürmten.

Kirchfink schüttelte sich und atmete tief ein. Dankbar und anerkennend musterte er seinen Chef.

»Den Hitzkopf hier können Sie einpacken und wieder zurückbringen. Manchmal sagen nonverbale Äußerungen mehr als tausend Worte.« Steffens griff instinktiv nach der Wunde an seinem linken Arm. Das Scheißding pochte, aber er hatte keine Lust auf einen zusätzlichen Besuch beim Arzt.

KAPITEL ZWANZIG

Auf dem Weg zurück nach Monschau waren die beiden Ermittler zunächst schweigsam. Jeder für sich hing seinen eigenen Gedanken nach und versuchte irgendeinen roten Faden in diesem Chaos zu entdecken.

»Wer um Himmels Willen braucht eine schlecht präparierte Leiche?«, fragte Steffens plötzlich.

»Und wer schneidet mit einem Skalpell in Höhe der Nieren in den Körper, lässt aber das Organ unangetastet?«, ergänzte Kirchfink.

»Stattdessen fehlt die Netzhaut«, erinnerte Steffens. »Was fällt uns bei dem Wort Organ denn noch so ein?«

»Organversagen, Organspende, mehr weiß ich im Augenblick nicht«, antwortete Kirchfink.

»Mensch Kirchfink, das ist es!«, rief Steffens. »Sie sind genial. In dieser Richtung müssen wir überlegen.«

»Organspende?«, fragte Kirchfink, der sich gar nicht bewusst war, dass er vielleicht den Schlüssel zu den Ermittlungen geliefert hatte. »Das ist doch quasi ein Hochsicherheitstrakt der Medizin, mit Rankingliste, Organspendeausweis, moralischen und ethischen Grunddiskussionen und trauernden Angehörigen, je nachdem, welches Lager sie favorisieren.«

»Ja«, stimmte ihm Steffens zu. »Aber eben bestimmt auch mit großem kriminellem Potential, wenn man die Lücken des Hochsicherheitstraktes, wie Sie es nennen, erkannt hat. Vielleicht ist das ja die Lizenz zum Gelddrucken.«

»Also glauben Sie, Nöllches Schäng musste sterben, um konserviert zu werden. Danach wurde versucht, ihm die Niere zu entfernen, aber es wurden stattdessen Netzhäute gebraucht. Deshalb hat man die Dinger entfernt und auf dem Organmarkt feilgeboten? Ganz schön abenteuerlich, Ihre Theorie, Chef.«

»Ja, wenn man das so erzählt, klingt es wirklich ziemlich abstrus, aber man kann ja den Gedanken mal weiterspinnen. Organhandel ist bei uns verboten. Allerdings gibt es in Entwicklungsländern tatsächlich verzweifelte Familienväter, die eine eigene Niere zum Kauf anbieten, um von dem so ergatterten Geld die Familie länger ernähren zu können. Letzte Woche habe ich noch gelesen, dass sogar in Russland die Entjungferung mancher Töchter im Internet gegen Bezahlung angeboten wird.«

»Ist ja widerlich«, kommentierte Kirchfink. »Aber Kindesmissbrauch und Organhandel sind ja doch schon zwei verschiedene Paar Schuhe.«

»Ja und nein«, philosophierte Steffens. »Beides ist eine extrem übergriffige, kriminelle Handlung, macht nicht vor dem menschlichen Körper Halt und ist mit illegaler Geldbeschaffung verbunden. Und wenn dem dann auch noch das Kapitalverbrechen eines Mordes anhängt, geht das, einfach ausgedrückt, in dieselbe Perversion eines kranken Gehirns.«

»Nehm ich mal so an, Chef, obwohl wir nach der Lösung unseres Falls darüber noch mal sprechen sollten. Jetzt konzentrieren wir uns erstmal auf den Organhandel. Bei Nöllches Schäng können wir die Entjungferung ja definitiv ausschließen.«

Steffens konnte sich ein Grinsen kaum verkneifen. »Das stimmt, Kirchfink. Da wird der Organhandel für mich immer realer. Aber wer bitte braucht die Netzhaut eines Toten?«

»Um die Welt mit anderen Augen zu sehen, meinen Sie? Tatsächlich werden auch Netzhäute in der Augenmedizin transplantiert, in Köln zum Beispiel. Und weil wohl keiner die freiwillig abgibt, muss man eben auf Gestorbene zurückgreifen. Auch wenn sie einem Verbrechen zum Opfer gefallen sind.«

»Stellt sich die Frage, ob der Operateur weiß, woher die Spende kommt«, warf Steffens ein.

»Das soll doch das Spenderregister regeln.«

»Tut es aber nicht, wenn Kriminelle am Werk sind. Hehlerware, genau dasselbe Prinzip wie nach Einbrüchen mit dem Raubfang hochwertiger Kunst, wertvollem Schmuck oder Elektronikartikeln. Irgendwann erreichen diese Sachen ja auch den internationalen Markt.«

»Diese Gegenstände unterliegen aber nicht der Verwesung, sprich, die vergammeln nicht.«

»Das ist es doch, Kirchfink, gegen das Vergammeln haben die alten Ägypter das Einbalsamieren erfunden. Gegen die Verwesung werden Tierkadaver präpariert und unser findiger Rader vom Einsiedlerhof hat wohl hier seine Chance gewittert und einen illegalen Geschäftszweig bedient. Das Präparieren der Tierkadaver kann er, also hat er sein Wissen ausgeweitet und präparierte menschliche Körper auf den Markt des verbotenen Organhandels gebracht.«

»Zumindest hat er das wahrscheinlich versucht«, grenzte Kirchfink die Möglichkeiten ein.

»Wir werden ihm morgen einen Besuch abstatten. Wohin wurde er denn jetzt letztendlich gebracht?«

»Soweit ich weiß, tatsächlich nach Düren«, antwortete der Assistent. »Wundert mich auch, für so gefährlich hatte ich ihn gar nicht gehalten.«

»Glaub ich. Nach Ihnen hat der Scheißkerl ja auch nicht mit dem Messer geworfen. Da fällt mir ein, ich müsste die Wunde noch mal desinfizieren. Halten wir doch an der nächsten Apotheke.«

Kirchfink schüttelte den Kopf. »Echt nicht noch mal zum Arzt?«, fragte er mit einem Seitenblick auf seinen Chef.

»Versuchen Sie es erst gar nicht«, war die knappe Antwort. »Viel lieber würde ich den Steling nochmal besteigen. Die Ruhe da oben, die Fernsicht, das Gefühl der heilen Welt, das ist wirklich eine tolle Mischung und zweifellos um einiges schöner, als die Zeit zwischen Verbandsmull und Desinfektionsmittel totzuschlagen. Abgesehen davon, habe ich keine Lust, schon wieder die Story zu erzählen, wie das überhaupt passieren konnte.«

Kirchfink spürte, dass sein Chef noch immer mit der Tatsache haderte, dass er die Überreaktion des bettlägerigen Rader nicht vorausgesehen hatte.

KAPITEL EINUNDZWANZIG

An diesem Abend versuchte Steffens Ruhe in seiner kleinen gemütlichen Wohnung zu finden. Vorsichtig nahm er den Verband an seinem linken Oberarm ab und begutachtete die Wunde.

»Sieht doch gar nicht so schlecht aus«, sagte er zu sich selbst und ignorierte dabei bewusst die auffällige Rotfärbung an den Wundrändern. Stattdessen holte er aus dem Tiefkühlfach einige Eisklötze. Mit dem einen Teil kühlte er den Arm, mit dem anderen Teil seine Cola mit Gin. »Heute mal keinen Els«, entschuldigte er sich bei allen Eiflern und prostete der imaginären Schar zu.

Er fingerte ungeschickt mit den eigentlich besetzten Händen nach der Fernbedienung seines Fernsehers und fluchte, als die Eisklötze samt Tuch, in dem sie eingewickelt waren, zu Boden kullerten.

»Verdammte Scheiße, der Arm pocht schon genug, da braucht ihr kalten Dinger nicht auch noch so widerspenstig zu sein.«

Die Regionalnachrichten von Köln flimmerten über die Mattscheibe. Sie interessierten ihn immer noch, erinnerten ihn aber auch schmerzlich an seine Christine. »Die blöde Schnepfe hätte sich ja doch zumindest mal danach erkundigen können, wie es mir hier geht«, setzte er seine Selbstgespräche fort. »So eine harte Woche und keiner aus meinem Kölner Leben nimmt dran teil.«

Seufzend schüttete sich Steffens den nächsten Gin ein und verdünnte ihn mit Cola und Eis, als ihn eine Meldung aufhorchen ließ. Gebannt verfolgte er die Reportage über einen größeren Fund hochwertiger Motorräder, die alle als gestohlen gemeldet worden waren. Aus einem unauffälligen Container am Rand einer Mülldeponie war Benzin ausgelaufen und kleine Mengen davon ins Erdreich gesickert. Die Polizei sei gezwungen gewesen, den Container aufzubrechen und hat dabei das Diebesgut entdeckt. Eine Maschine war wohl umgekippt und der Tank daraufhin ausgelaufen. Beim Öffnen des Stahlverschlages war den Beamten außerdem ein unerträglicher Verwesungsgestank entgegengeschlagen. Im hinteren Drittel hatten sie dann eine große Plastikbox gefunden, in der mehrere Wildtierkadaver abgelegt worden waren. Die Ermittler stünden vor einem Rätsel, wie dieses Diebesgut, bestehend aus hochwertigen Motorrädern und den getöteten Wildtieren, zu interpretieren sei.

Gänsehaut lief über Steffens Rücken. »Also doch, dieser kleine Mistkerl«, schnaubte er vor sich hin. »Von wegen zu einem anderen Präparator gebracht. Mit den Motorrädern weggesperrt und dann blöderweise mir das Portemonnaie geklaut. Dumm gelaufen! Da können wir ja froh sein, dass er nicht auch noch Nöllches Schäng neben die Motorräder gelegt hat.«

Er wartete noch den Wetterbericht ab, der ab morgen nicht mehr ganz so schönes Wetter prophezeite. Dann setzte er sich an seinen Rechner und schrieb seinem früheren Kollegen eine umfangreiche Mail. Zumindest konnte Steffens Licht ins Dunkle bringen. Die Motorräder würden ihren rechtmäßigen Besitzern wieder zugeführt werden, dessen war sich der Kommissar sicher.

Die nächste Vernehmung von Andrzej würde für ihn allerdings noch ungemütlicher werden. Die Kölner Kollegen hatten nun das Recht, ebenfalls Fragen zu stellen. Jetzt hatten sie einen Tatbestand, an dem nur wenig zu rütteln war.

Aber die Frage nach dem Mörder von Nöllches Schäng blieb weiterhin ungeklärt und stand wahrscheinlich in keinem Kausalzusammenhang zu dem spektakulären Motorradfund. Mit dem unangenehmen

Gefühl, dass es jetzt eventuell auch noch ein Kompetenzgerangel zwischen den Polizeirevieren Köln und Monschau und den daraus resultierenden verschiedenen Zuständigkeiten geben würde, ging der Kommissar ins Bett, sehr bemüht, nicht auf dem linken Oberarm zu liegen.

KAPITEL ZWEIUNDZWANZIG

Es regnete Bindfäden. Die Tropfen prasselten gegen die kleinen Fenster des Fachwerkhauses und scheinbar undurchdringliche Schwaden aus Feuchtigkeit legten sich sowohl über die Kleinstadt Monschau als auch auf das Gemüt des Kommissars. Er war dieses Sauwetter ja von Köln gewöhnt, aber hier, in dem mit grauem Schiefer umrandeten Ort, in dessen Kopfsteinpflaster sich die Nässe spiegelte, gab es kein Ausweichen vor der dusteren Tristesse.

Steffens krempelte den Kragen seines Regenmantels hoch und versteckte seinen Kopf unter dem großen, schwarzen Regenschirm, auf dem das rot-weiße Logo des 1. FC Köln prangte. Wenigstens wurde seine sehr gut reparierte Lederjacke geschützt von der wasserdichten Außenhaut seines Mantels. Steffens Arm pochte weniger als gestern, aber zufrieden war er noch nicht.

Auf dem Weg zur Polizeistation begegnete er keiner Menschenseele.

Heute hatte er, der ehemalige Kölner, das Gefühl, in einem Kaff zu wohnen, zu arbeiten und zu vergreisen.

Die Antwort seines früheren Kölner Kollegen war prompt per Mail eingetroffen. Natürlich wollten sie jetzt nach Aachen kommen und diesen Andrzej selber verhören. Artig hatten sie sich bei ihm für die Hilfe bedankt, aber auch unmissverständlich klargemacht, dass das jetzt »ihr« Inhaftierter sei und die folgenden Befragungen unter Kölner Regie stattfinden würden. Noch wussten die Kollegen ja auch nicht, dass Steffens an zwei Fällen arbeitete, die eben Schnittmengen aufwiesen und deren Trennung während der laufenden Ermittlungen noch nicht möglich war. Steffens hatte ein Gespür für Ärger und der innerliche Geigerzähler schlug aus. Einfach ausgedrückt: Er war stinksauer. Und dieses Mistwetter tat sein Übriges dazu.

Übel gelaunt betrat er das Büro, in dem schon sein Assistent und die beiden Streifenpolizisten warteten. Kirchfink genügte ein kurzer Blick auf seinen Chef, um zu wissen, wie es um dessen innere Verfassung bestellt war.

»Kaffee, Chef?«, fragte er statt einer Begrüßung und hielt ihm grinsend einen dampfenden Becher entgegen. Steffens traute seinen Augen nicht. Der von ihm bestellte Vollautomat war offensichtlich angekommen und thronte jetzt auf dem halbhohen Aktenregal.

»Na wenn das mal nicht eine schöne Überraschung ist!« Steffens freute sich ehrlich und blickte Beifall heischend in die kleine Runde. Seine Mitarbeiter nickten bejahend mit den Köpfen und alle ließen sich den Kaffee schmecken.

»Und wer hat die Becher gestiftet?«, fragte der Kommissar, ohne zu wissen, wie er seine Belustigung über die Jagdmotive auf dem weißen Porzellan zurückhalten konnte.

»Na ja, die stammen noch aus dem Fundus des ehemaligen Forsthauses. Bei dessen Auflösung hat das damals zuständige Amt das Inventar verteilt. Für uns blieben diese zwölf Becher«, erklärte Paul Kreitz.

»Zwölf?«, rief Steffens sarkastisch. »Was für ein Glück. Genug für alle Apostel.« Er schluckte mit dem Kaffee alle anderen Bemerkungen runter und genoss jetzt erst mal nur den Anblick der neuen Maschine und deren Kunst, ordentlichen Kaffee zu offerieren. Dennoch wanderten seine Augen auch immer wieder auf die Darstellung der Wildtiere auf der weißen Keramik.

»Wenn das mal kein Zufall ist«, dachte er laut. »Rehe, Marder, Wildschweine wohin man nur schaut. Was wollen diese Becher uns sagen?«

»Chef, war der Els gestern Abend schlecht?«, konterte Kirchfink

»Nein, nein, ich war abtrünnig und habe Gin und Cola den Vorzug gegeben«, antwortete Steffens gestelzt. »Aber hier und jetzt habe ich so eine Ahnung, dass tatsächlich die Antwort zur Lösung unseres Falles in der Scheune vom alten Rader zu finden ist. Wir werden den gesamten Hof auf links drehen, sowohl den Alten wie auch Andrzej ausquetschen wie Zitronen, und außerdem nehme ich Kontakt zu einem professionellen Tierpräparator auf. Ich kann dieses Handwerk nicht einschätzen. Hat die Spurensicherung eigentlich Proben von den Chemikalien genommen und analysieren lassen?«

»Ja, Chef, wir warten aber noch auf das Laborergebnis«, antwortete Basti Schreiber.

»Habe ich eigentlich schon erzählt, dass die Kollegen in Köln einen begehbaren Container öffnen mussten, weil Benzin heraussickerte?«, fragte Steffens weiter. »Und was glaubt ihr, haben die Beamten da drin gefunden? Motorräder der allerfeinsten Güte. Alle geklaut! Und dann gab es da noch eine Plastikkiste voll mit halb verwesten Tierkadavern. Das muss ganz gut gestunken haben.«

»Boah, bin ich froh, dass ich bei dem Einsatz nicht dabei sein musste.« Paul Kreitz schüttelte sich. »Wenn ich alleine an die tausend Fliegen, Maden und anderes Getier denke, das da rumgeschwirrt ist, wird mir ganz anders.«

Der Kommissar sah seinen Mitarbeiter entsetzt an. »Daran habe ich noch gar nicht gedacht.« Er nahm einen großen Schluck aus seinem wildtierbedruckten Kaffeebecher und wandte sich an Basti Schreiber: »Suchen Sie mir bitte die Kontaktdaten eines seriös wirkenden Instituts für Tierpräparationen, oder wie man das nennt, raus.«

Paul Kreitz bat er darum, sich noch mal mit der Spurensicherung in Verbindung zu setzen, um dann selber beim Labor Dampf zu machen. »Wir brauchen die Analysen der Chemikalien, um mindestens so gut Bescheid zu wissen, wie diese Dilettanten in der Scheune.«

»Und im Container«, ergänzte Paul Kreitz. »Das ist ja wohl eine waschechte Sauerei, diese Tierkadaver einfach so wegzuwerfen.«

»Ich glaube nicht, dass das der Plan war. Unser Freund hat mir mein Portemonnaie geklaut und sich dabei erwischen lassen. Das hat wohl seinen Terminplan erheblich gestört. Hätte er es mal bei den Motorrädern belassen. Aber jetzt haben leider erst mal die Kölner Kollegen das Vorrecht, Andrzej zu verhören, weil der Container nun mal in deren Zuständigkeitsgebiet steht. Allerdings haben sie alle Infos von mir, deshalb kann ich erwarten, dass ich entweder dabei bin, oder aber einen lückenlosen Bericht erhalte, um die für uns wichtigen Infos raus zu filtern. Immerhin sitzt der Gute in der JVA Aachen. Und das wiederum ist unser Hoheitsgebiet.«

KAPITEL DREIUNDZWANZIG

Steffens und Kirchfink machten sich durch den Regen auf nach Düren. Dort in der Landesklinik musste der alte Rader vom Einsiedlerhof untergebracht worden sein. Ein kurzer Anruf hatte das bestätigt. Kirchfink hatte die beiden Ermittler angemeldet und so saßen die zwei jetzt in Steffens altem Audi.

Sie schwiegen. Kirchfink fragte noch nicht mal nach dem Befinden des Arms. Beide hingen den Ereignissen der letzten Tage nach. Als dann Steffens im Büro auch noch von dem Fernsehbericht über das gefundene Diebesgut erzählt hatte, überwogen die vielen Bilder vor den inneren Augen.

Endlich unterbrach Kirchfink mit einer kurzen Frage die Stille: »Wie lange brauchen Tierkadaver denn für ihre Verwesung?«

Der Kommissar stutzte. Plötzlich erkannte er, was ihn die ganze Zeit über gestört hatte. Der alte Rader war doch schon viel zu lang ans Bett gefesselt. Der konnte doch unmöglich die toten Tiere über Monate aufgehoben haben.

»Sie haben recht, Kirchfink, hier ist noch mehr faul! Wir werden den Alten nachher auch danach fragen, wann er denn zuletzt Tiere zur Präparation bekommen hat. Vielleicht ist Andrzej ja noch viel mehr in den Fall verwickelt, als wir glauben.«

Steffens fand einen Parkplatz in der Nähe des Haupteinganges. Beide Männer ließen ihre Blicke über die Backsteinfassade des impulsanten Gebäudes aus der Kaiserzeit gleiten, bevor sie der Beschilderung zur Forensischen Klinik folgten.

»Warum liegt unser Freund denn eigentlich auf der Forensik?«

»Wahrscheinlich wie überall aus Platzmangel. Noch können sie den alten Rader nicht einschätzen, also erst mal da, bevor weiter über ihn geurteilt werden kann.«

»Ganz schön heftig«, schüttelte der Assistent den Kopf. Steffens ließ die Bemerkung unbeantwortet. Diese alte Klinik hätte sicher noch heftigere Geschichten zu erzählen, wenn ihre Mauern reden könnten.

Der alte Rader lag ordentlich zurechtgemacht auf seinem Bett. Grimmig sah er den beiden Ermittlern entgegen. »Hallo, Herr Rader«, begrüßte Steffens ihn trotz der noch immer pochenden Wunde an seinem Oberarm freundlich.

»Isch senn, dat Magda ördentlich gewörkt hätt«, knurrte der Alte mit Blick auf die Lederjacke. »Ihr könnt dat Denge ja wärr aatrecke.«

»Ich freue mich auch, Sie zu sehen«, schaltete sich Kirchfink etwas zu bissig ein. Ihm ging das arrogante Getue des Alten ziemlich auf den Wecker.

»Ahh, derr Hiwi ös och dobej«, wandte sich Rader an Steffens Assistenten. »Isch erzähl üsch ävver nix.«

»Doch, werden Sie.« Steffens Ton wurde schärfer. »Wir werden Ihnen jetzt Fragen stellen und die beantworten Sie bitte schnell und präzise!«

Auf dem Weg hierher hatte Steffens sich immer wieder und wieder vorgestellt, in welcher Verfassung und Stimmung sie den alten Rader wohl vorfinden würden. Aber er hatte nicht damit gerechnet, dass der frühere Landwirt den beiden Ermittlern gegenüber immer noch so stur und renitent sein würde.

»Kannten Sie Nöllches Schäng?«, fragte Steffens das Verhör einleitend.

»Wä öss dat?«, antwortete Rader garstig.

»Offensichtlich ein obdachloser Gelegenheitsarbeiter, der auch auf Ihrem Hof gegen Kost und die Erlaubnis, auf dem Heuboden zu übernachten, Aushilfsarbeiten übernommen hat«, erklärte der Kommissar.

Rader schwieg beharrlich.

»Wir haben seine Leiche gefunden«, fuhr Steffens fort. Er war sich nicht ganz sicher, ob er gerade einen kurzen Schatten im Gesichtsausdruck des Alten gesehen hatte. Und wenn ja, war er schon vorübergezogen. Rader hatte sich unter Kontrolle. »Es interessiert Sie gar nicht, wo?«, fragte der Kommissar weiter.

Rader schwieg und drehte sich umständlich zur Wand. Kirchfink ging daraufhin so um das Bett herum, dass er dem Landwirt dennoch ins Gesicht sehen konnte.

»Gut, dann werde ich genauer. Die Leiche war offensichtlich hastig verscharrt worden.«

»Dat soll isch jemaat han? Isch liejen sigg nem Johr at em Bett.« Mit diesem Argument wähnte sich Rader kurz in Sicherheit, bis Steffens weitermachte.

»Sie nicht, aber Andrzej, der Halbbruder von Magda.«

Kirchfink konnte ein Flattern in den Augen des alten Mannes erkennen und nickte seinem Chef fast unmerklich zu. Der hatte verstanden.

»Die Leiche von Nöllches Schäng war größtenteils präpariert, ungefähr so, wie auch Wildtiere präpariert werden. Das war doch Ihr Hobby, als Sie noch in der Lage waren, in Ihrer großen Scheune zu arbeiten«, setzte der Kommissar alles auf eine Karte.

Der alte Rader drehte sich mühsam zurück, funkelte die beiden Männer böse an und klingelte nach der Krankenschwester. Die Beiden mussten zum Schutz des Patienten das Zimmer verlassen.

Damit war das Verhör abrupt beendet worden, aber dennoch hatten die beiden Ermittler die Bestätigung bekommen, dass ihre bisherige Theorie richtig war. Nur die Frage nach dem ›Warum‹ war offengeblieben.

»Kirchfink, wir sind auf dem richtigen Weg, das spür ich. Aber verdammte Scheiße noch mal, eine Frage nach den Organen, dem Schnitt in Nierenhöhe, den fehlenden Netzhäuten und den weggeworfenen Kadavern in der Plastikkiste …«

»Das wären aber insgesamt vier Fragen«, unterbrach ihn sein Assistent. »So einfach macht uns der alte Knochen das halt nicht. Vielleicht ist Andrzej in Aachen ja gesprächiger. Der hat allen Grund, mit der Polizei zu kooperieren. Dann hat er gewisse Chancen, seinen Kopf zumindest ein wenig aus der Schlinge zu ziehen.«

»Da ist was dran, aber der gehört ja jetzt erstmal den Kölnern«, resümierte Steffens. »So schnell geben wir uns dennoch nicht geschlagen. Jetzt drehen wir die Hütte des Alten endlich auf links und nicht nur die Spurensicherung, sondern auch Magda helfen uns dabei!«

Noch während der Heimfahrt, vom Auto aus, forderte Steffens die Spurensicherung in großer Besetzung erneut für den Einsiedlerhof an. Er bekam die Zusage für den nächsten Vormittag ab 10.00 Uhr.

»Damit lässt sich arbeiten«, freute sich der Kommissar. »Wir fahren jetzt zurück ins Präsidium zur Lagebesprechung und morgen werden alle verfügbaren Kräfte abgezogen, um diesen …« Steffens trat auf die Bremse und Kirchfink flog in den Sicherheitsgurt, als sein Chef kurz vor Monschau einer Radarfalle entgehen wollte. »Gerade noch mal gut gegangen«, atmete er auf und ließ den angefangenen Satz unvollendet.

Im Präsidium in Monschau hatten die Kölner Kollegen eine erstaunliche Nachricht hinterlassen: Nicht alle sterblichen Überreste der gefundenen Wildtiere waren ganz komplett. Einem Teil der Tiere waren die Innereien entnommen worden und auch die Skelette der unvollständigen Tiere fehlten, bis auf die Schädel. Die restlichen Kadaver waren abgesehen von Madenlöchern unversehrt.

Die beiden Ermittler schauten sich fassungslos an. »Was ist das denn jetzt schon wieder für eine Nummer?«, fragte Steffens seinen Assistenten.

»Ja Chef, ziemlich eklig.« Kirchfink schüttelte sich angewidert. »Das klingt tatsächlich nach zielführender Organentnahme. Aber wer bitteschön lässt sich die Niere eines Wiesels einpflanzen?«

Steffens Kopf rauchte förmlich beim Nachdenken. »Fragt sich, was das Ziel ist. Zielfördernd bedeutet ja nicht unbedingt, dass die Organe als solche gebraucht werden. Vielleicht sind ja auch nur die Felle wichtig.«

»Die Felle?« Kirchfinks Stimme drückte Entsetzen aus. »Welche Frau trägt denn heute noch einen Pelzmantel? Also so eine Tusse käme mir jedenfalls nicht ins Haus.«

»Hört, hört!«, schmunzelte der Kommissar. »Das grenzt den Kreis möglicher Anwärterinnen des Herrn Junggesellen aber erheblich ein. Ich kann mich zum Beispiel an den letzten Winter erinnern, in dem gestrickte Mützen mit Bommeln aus echtem Pelz sehr angesagt waren.«

»Ja, und ich kenne Snobs, die sich ihren Bart nur mit einem Rasierpinsel aus Echthaar pflegen«, konterte der Assistent.

»Mag sein«, antwortete Steffens und fühlte sich ertappt. »Aber irgendwoher muss ja auch dieser Rohstoff kommen.«

»Da bekommt der Begriff ›nachwachsende Rohstoffe‹ allerdings eine beklemmende Aussage.«

»Zurück zu unserem Fall. Die Tierkadaver stammen doch wohl höchstwahrscheinlich aus der Werkstatt eines Mannes, zum Beispiel aus der unseres Rader, der sich in Taxidermie versucht hat«, lenkte Steffens von sich ab.

»Taxi … was?«, staunte Kirchfink.

»Ich habe ein bisschen recherchiert. Taxidermie stammt aus dem Griechischen und umschreibt die Kunst der Haltbarmachung von Tierkörpern. Sehr spannend, auch für unseren Fall, denn tatsächlich müssen alle Organe und Knochen entfernt werden, bevor das Fell nach entsprechender chemischer Behandlung auf eine Unterkonstruktion gespannt wird.«

KAPITEL VIERUNDZWANZIG

In der Nacht hatte es stark geregnet und so hingen auch an diesem Morgen noch dicke Nebelschwaden in der Luft. Der Wetterbericht hatte Besserung versprochen und mit viel Phantasie konnte man tatsächlich einen rötlichen Lichtschein am östlichen Horizont erkennen. Steffens glaubte der Ansage der Morningshow im Radio und verließ ohne Regenmantel seine Wohnung. Die feuchte Luft duftete nach Frühling. Vogelgezwitscher statt Verkehrslärm, Ruhe statt Hektik und abends Els statt Kölsch, der Kommissar hatte heute ziemlich gute Laune. Eigentlich war die Eifel ja gar nicht so schlecht. Auf dem Weg zum Auto kam ihm schon Kirchfink entgegen, die beiden Männer hatten am Vortag verabredet, gemeinsam zum Einsiedlerhof zu fahren. Kirchfink registrierte erfreut, dass sein Chef am Steuer des Wagens vor sich hin flötete. Eigentlich wollte er das nicht unterbrechen, aber einige Fragen brannten ihm förmlich unter den Nägeln.

»Sagen Sie mal, Chef, die Felle der toten Tiere werden beim Präparieren auf ein Untergestell gespannt?«

Steffens witterte, dass er mit seinem neu erworbenen Wissen punkten konnte. »Genau, Kirchfink, die Felle werden buchstäblich abgezogen, chemisch gereinigt und dann in möglichst lebensnaher Pose auf ein Untergestell gezogen. Dabei muss man darauf achten, dass diese Untergestelle nicht zu starr sind, denn die Haut der toten Tiere reagiert immer noch auf Luftfeuchtigkeit und kann deshalb rissig werden. In diese Risse können kleine Käfer oder Schädlinge eindringen, die dann alles auf Dauer zerstören. Heute verwendet man dafür sogenannte Balge.«

»Und die Knochen müssen dafür entfernt werden?«
»So habe ich das verstanden.«
»War das bei Nöllches Schäng auch so? Der wurde doch nicht auf ein Untergestell gezogen, oder?«
»Nein, tatsächlich nicht.«
»Also haben sich bei dessen dilettantisch konserviertem Körper dann doch Schädlinge eingenistet«, resümierte Kirchfink folgerichtig.
»Da ist was dran. Vielleicht sollte Dr. Münster das noch untersuchen. Vielleicht lässt sich so der Todeszeitpunkt etwas genauer feststellen«, antwortete Steffens und lenkte den Wagen Schlag zehn Uhr in die Einfahrt des Einsiedlerhofes. »Vergessen Sie den Gedanken nicht, vielleicht ist der ja wichtig.« Und mit diesen Worten parkte er den Wagen vor dem großen Scheunentor, als die Regionalnachrichten im Radio die beiden Ermittler erstarren ließen. »… wurde diese Nacht vor dem Gelände einer Mülldeponie am Kölner Stadtrand ein von der Polizei erst gestern konfiszierter Container mit offensichtlicher Hehlerware gestohlen. Die Kölner Polizei bittet, sachdienliche Hinweise …«

Steffens und Kirchfink sahen sich mal wieder ungläubig an. »Die haben sich das gesamte Diebesgut klauen lassen, inklusive Container?«, fand Kirchfink als erster wieder Worte.

»Nicht alles. Die halbverwesten Tierkadaver haben die Kollegen meines Wissens ja schon mitgenommen und untersucht. Für mehr war wohl im Streifenwagen kein Platz, aber die hochkarätigen Motorräder sind jetzt wohl futsch«, bemerkte Steffens äußerlich ruhig, innerlich zum Zerbersten angespannt. Genau wegen solcher Schlampereien war er mit seinen ehemaligen Kollegen immer wieder aneinandergeraten. Wer von den zuständigen Beamten hatte gepennt und nicht sofort den Container abholen und zum Präsidiumsparkplatz bringen lassen? Er war zu lange in Köln gewesen, um diese Nachricht einfach so an sich abprallen zu lassen. Und abgesehen davon, wurde ja auch seine eigene Ermittlungsarbeit dadurch empfindlich gestört. Wie einfach wäre es gewesen, Andrzej mit zum Container zu nehmen, und ihm auf den Kopf zuzusagen, dass er in diese Hehlerei, wenn nicht sogar in illegale Taxidermie und auch Mord verwickelt sei. Sein Überführungsplan fiel gerade in sich zusammen wie ein Kartenhaus. Er starrte wie hypnotisiert auf das Lenkrad seines alten Autos, als der unverwechselbare Sound Bob Marleys aus seiner Hosentasche tönte. Ungeschickt versuchte Steffens das mobile Telefon aus der etwas zu engen Jeans zu zaubern.

Kirchfink konnte sich trotz des eben erfahrenen Schlamassels nicht zurückhalten. Amüsiert beobachtete er seinen Chef, dem es einfach nicht gelingen wollte, das Telefonat entgegen zu nehmen.

»Ja, Chef, da bekommt der Text *I shot the Sheriff* gleich eine andere Bedeutung«, versuchte er die Stimmung aufzuhellen.

»Sie haben ja eigentlich Recht, Kirchfink, was reg ich mich auf, aber das ist doch wirklich eine unvorstellbare Scheiße!«, echauffierte sich Steffens und angelte immer noch nach dem Telefon.

»Stimmt, aber nicht mehr zu ändern und fällt auch nicht in unser Resort. Was meinen Sie, wie viele Straßenkontrollen jetzt angeordnet werden. Und jedes Mal so einen Containerlieferanten rauszuwinken ist schon ne Nummer. Da reicht kein kleiner Parkplatz«, spann Kirchfink den Gedanken weiter.

Steffens hatte endlich das Telefon aus dem engen Gefängnis seiner Jeans befreit. Es war der Sprecher der Kölner Kollegen, der ziemlich kleinlaut von ihrem Fehler berichtete und dass sich jetzt alles auf die Suche nach dem Diebesgut im Container konzentrieren würde. Der Gefangene in Aachen säße ja gut in der JVA und man habe sich überlegt, dass auch Steffens die relevanten Fragen für die Ermittlungen in Köln an Andrzej stellen könne.

»Überlegen Sie mal Kirchfink, die bitten uns hochoffiziell um Amtshilfe. Die Kölner sind über den blöden Misserfolg so angefressen, dass wir die Hoheit über die Verhöre von Andrzej nicht abgeben müssen. Im Klartext heißt das, die Kölner kümmern sich um Schadensbegrenzung in den eigenen Reihen und wir ermitteln weiter, so wie wir es für richtig halten. Was für eine Nummer. Monschau über Köln, wer hätte das für möglich gehalten.«

»Meine Oma sagte immer: Jung, alles Böse hat was Gutes«, antwortete Kirchfink.

»Sie hatten eine kluge Oma, fast schon philosophisch«, lächelte Steffens.

Die beiden Männer stiegen aus dem Auto aus. Der Wetterbericht hatte Recht behalten, die Sonne hatte den Kampf gegen die Regenwolken gewonnen und die Luft angenehm aufgewärmt.

»Früher hätte ich ja jetzt eine geraucht, aber heute müssen wir die Wartezeit anders rumkriegen«, meinte Steffens und griff in die Seitentasche seiner Lederjacke. »Gummibärchen für alle!« Mit diesen Worten öffnete er die knisternde Tüte. Kauend saßen beide Männer auf dem Gartenmäuerchen und warteten auf die Kollegen der Spurensicherung.

KAPITEL FÜNFUNDZWANZIG

Mit einiger Verspätung rasten zwei Beamte der Spurensicherung mit ihrem Materialwagen fast an der Einfahrt vorbei. In letzter Sekunde bremste der Wagen abrupt und nahm ziemlich sportlich die Kurve in Richtung Einsiedlerhof.

»Meine Fresse, in Köln ist die Kacke am Dampfen«, nahm der erste Beamte kein Blatt vor den Mund. »Wenn die das da nicht geregelt kriegen, rollen Köpfe. Scholz mein Name, wir kennen uns ja noch nicht«, stellte er sich vor. Der etwa fünfzigjährige Mann winkte seinem wesentlich jüngeren Kollegen zu, mit der Aufforderung, doch zu ihnen zu kommen. »Das ist Patrick, unser Praktikant. Wir nennen ihn Patrickant. Wir sind der übriggebliebene Trupp des Großaufgebots Ihrer Bestellung. Die anderen wurden alle nach Köln beordert zur Großfahndung.«

»Erklärt sich von selbst«, antwortete Steffens und stellte sich und seinen Assistenten Kirchfink vor. »Gummibärchen?«, fragte er in die Runde. »Kaffee bekommen wir bestimmt von Magda.« Der fragende Blick von Scholz suggerierte ihm, erst einmal einen Lagebericht zu geben.

»Also Magda ist die polnische Pflegekraft vom alten Rader, der zurzeit unter Mordverdacht in Düren liegt. Sie scheint in Ordnung zu sein, aber wir glauben dennoch, dass sie sowohl für den Alten als auch für ihren Halbbruder alles macht. Ihr Halbbruder ist Andrzej, von dem wir bislang tatsächlich nur wissen, dass er mir mein Portemonnaie aus der Jeans geklaut hat. Allerdings sind wir ziemlich sicher, dass er auch eine

Schlüsselfigur in einem Mordfall und bei den zweimal geklauten Motorrädern spielt. In dem Container sind ja außerdem auch Tierkadaver gefunden worden. Es ist sehr davon auszugehen, dass Andrezj seine Finger da im Spiel hatte. In der Scheune wurden Tiere als Auftragsarbeit für Jäger präpariert. Wir haben den berechtigten Verdacht, dass unserem Mordopfer nach seinem Tod eine ähnliche Behandlung zuteilwurde. Vielleicht ist das hier der Tatort.«

»Stopp! Das ist eine Menge Stoff«, unterbrach Scholz den Redefluss. »Mal langsam, wir haben also tatsächlich eine präparierte Menschenleiche und auch Tierkadaver, die noch präpariert werden sollten. Daneben gibt es auch noch geklaute Motorräder der Luxusklasse, die der Polizei in Köln dann noch mal geklaut wurden.« Scholz konnte sein Grinsen kaum verbergen, Patrick schaute völlig fasziniert von einem zum anderen.

»Stimmt, auf der Basis dieses Wissens müssen wir die Scheune auf links drehen«, mischte Kirchfink sich ins Gespräch ein. »Und damit das auch gut gelingt, gehe ich jetzt zu Magda ins Haus und bitte sie, uns Kaffee zu kochen.«

»Nicht nötig. Ich alles gehört. Ich will helfen mit.« Magda gesellte sich mit einem Tablett voller Kaffeebecher zu ihnen und so saßen jetzt vier Männer, wie sie unterschiedlicher nicht sein konnten und die Polin nebeneinander auf dem Gartenmäuerchen, wie die Hühner auf der Stange, und tranken Kaffee.

»Wir suchen also nach allem. Alles ist irgendwie wichtig, oder kann es zumindest werden. Die Relevanz ergibt sich dann wahrscheinlich während der fortschreitenden Ermittlungen. Es sieht so aus, als ob alle Tatbestände irgendwie miteinander verknüpft seien und die Fäden dann zu unseren Protagonisten Rader und Andrzej zusammenführen«, erklärte Scholz seinem »Patrickanten«. Der hatte verstanden. Sein intelligenter Gesichtsausdruck und der interessierte Blick verrieten, dass er sich auf die bevorstehende Aufgabe freute.

»Und es muss noch jemanden geben, den großen Unbekannten, der in Köln den Container abtransportiert hat, wohlwissend, welche brisante und auch wertvolle Fracht in dem Ding gelagert war«, ergänzte der Kommissar. »Gut, dann beginnen wir jetzt mit der zweiten Durchsuchung der Heiligen Hallen! Mal sehen, ob wir vor ein paar Tagen etwas übersehen haben.«

Steffens musste sein Auto etwas zur Seite fahren, er hatte zu nah an dem ausladenden Scheunentor geparkt. Kirchfink öffnete das Tor und ließ Tageslicht in die sehr große Tenne. Es gab keinen Grund zu zögern, die Männer gingen an die Arbeit. Nur Magda haderte. Sie blieb am Eingang stehen und hatte große Mühe nicht zu hyperventilieren. Steffens behielt sie im Auge. Zu gut erinnerte er sich an ihre Reaktion, als Magda zum ersten Mal in das Innere der Scheune gehen wollte. Er beobachtete die junge Frau, während jeder der drei anderen Männer nach kurzer Absprache jeweils einen Bereich durchkämmte. Steffens entging nicht, dass Magda sich abrupt umdrehte und geradezu wie auf der Flucht in Richtung Wohnhaus spurtete.

»Bin gleich wieder da!«, rief Steffens den anderen zu und folgte Magda zügig. Beide setzten sich schließlich auf die Bank neben der Haustür. Der Kommissar registrierte mit einem Seitenblick die offensichtlich frisch gefüllten Katzennäpfe, die neben der Bank auf hungrige Tiere warteten.

Er wollte nicht anzüglich wirken, aber Steffens hätte am liebsten den Arm um die verräterisch zuckende Schulter der jungen Frau gelegt. Irgendwie schaffte er das jedoch nicht und bedauerte sehr, dass ihm jetzt keine weibliche Ermittlerin empathisch zur Seite stand. Also saßen beide hilflos wirkend und schweigend nebeneinander. Steffens ordnete seine Gedanken und Magda wurde von ihren Gefühlen überrannt. Mit weicher Stimme forderte Steffens die junge Frau auf, tief durchzuatmen. Langsam wurde Magda ruhiger und der Kommissar fühlte instinktiv, dass er jetzt mit einer vorsichtigen Befragung beginnen konnte.

»Magda, wissen Sie mittlerweile, dass Ihr Halbbruder in der JVA in Aachen einsitzt, weil er unter anderem als Taschendieb auffällig geworden ist?«

Entsetzt drehte Magda ihren Kopf zu Steffens. »Ist das das Gefängnis?« Steffens nickte schweigend.

»Wie lange?«

»Sie fragen nach der Zeit und nicht nach dem Grund, können Sie sich denn denken, warum Ihr Halbbruder festgenommen wurde?«

Diesmal nickte Magda schweigend.

»Dann erzählen Sie mal!«

»Andrzej kam zu mir, ist vielleicht halbes Jahr her. Hat gefragt, ob er helfen kann auf Hof. Aber alter Rader wollte zuerst nicht. Dann Andrzej mich gefragt, ob er kann seine Motorräder in Scheune unterstellen. Ich gefragt, woher er hat so viele Motorräder, dass er braucht Scheune. Aber alter Rader wollte das auch nicht und redete immer von Unordnung in Scheune und dass da kein Platz. Andrzej hat das nicht geglaubt.«

»Und dann ist Ihr Bruder ohne Erlaubnis des alten Raders reingegangen und hat etwas gefunden. Was hat Andrzej gefunden?«

»Chef hier ist was!«, rief Kirchfink aus der Scheune. Der Kommissar sprang auf, ohne Magdas Antwort abzuwarten. »Bin gleich wieder da!«, rief er Magda zu. Er spurtete zu seinen Kollegen, die sich alle interessiert um einen Gegenstand geschart hatten.

»Na und?«, fragte Steffens. »Ein Häcksler für Grünschnitt, was ist daran so besonders? Der stand beim letzten Mal genau an derselben Stelle«

»Ja, aber wir haben nicht reingeguckt. Der Inhalt Chef. Unser Praktikant ist als einziger auf die Idee gekommen, das Ding mal näher zu untersuchen.«

Steffens näherte sich vorsichtig dem schon etwas betagten Gartengerät und folgte der Aufforderung, in den Einfülltrichter zu schauen. Erschrocken wich er zurück, holte tief Luft und wiederholte den Versuch, einen längeren Blick in die Öffnung zu werfen.

»Ach du Kacke!«, entfuhr es ihm. »Hab ich mich erschrocken! Konntet ihr mich nicht vorwarnen?«

»Entsetzt waren wir auch, an eine Vorwarnung habe ich tatsächlich nicht gedacht. Tut mir ehrlich leid. Unser Patrick hier war ziemlich abgebrüht. Macht wohl die Abhärtung durch Videospiele«, meinte Kirchfink schon wieder augenzwinkernd. »Aber dass einem der Totenschädel einer Katze entgegen glotzt, ist ja nun wirklich nicht alltäglich.«

Erneut betrachtete Steffens den Schädel des Tieres. Die Wirkung der Augen- und Nasenhöhlen und der Reißzähne war wirklich beängstigend. Zu Lebzeiten wird dieser aggressive Charakter eines kleinen Raubtieres mit Fell und Schnurren verdeckt. Steffens konnte sich einer gewissen Faszination nicht entziehen.

»Jetzt wissen wir also, wie der alte Rader oder seine Nachfolger, die überflüssigen Knochen und vielleicht auch die Organe losgeworden sind. Die wurden höchstwahrscheinlich klein gehackt und dann irgendwie vernichtet, verbrannt, vergraben, weggeschmissen.«

»Ich weiß nicht, was ich davon halten soll«, äußerte sich Scholz kopfschüttelnd. »Ich bin sicher, wir entdecken jetzt noch mehr Puzzlesteine. Das Arbeitsmaterial zur Präparierung haben die Kollegen ja beim ersten Mal schon gefunden. Der Katzenschädel im Häcksler bestätigt eben noch einmal, dass hier wirklich Taxidermie betrieben wurde.«

»Stellt sich die Frage, ob sich alle an die rechtlichen Vorgaben gehalten haben. Aber bei der Mordermittlung ist mir das jetzt erst mal egal«, überlegte Steffens laut. »Bitte nehmen Sie den schrecklichen Katzenschädel mit ins Labor«, bat er seinen Kollegen Scholz.

»Untersuchen Sie ihn auf Spuren, Fingerabdrücke, das ganze Programm. Warum nur wurde so plötzlich alles beendet, dass noch nicht mal der laufende Prozess, die Katzenknochen zu zerkleinern, zu Ende geführt worden ist. Und dennoch ist alles ziemlich sauber gefegt. Das war uns doch auch schon beim letzten Mal aufgefallen, als wir den Kühlraum gefunden haben. Der ist doch pikobello. Hier stimmt was nicht!«

»Ich habe was!«, tönte Kirchfinks Stimme aus dem hinteren Teil der Scheune. »Wenn das mal keine Zweiradspuren sind.« Der Assistent kniete auf dem Boden und hatte mit der Taschenlampenfunktion seines Handys tatsächlich eine kleine Fläche auf dem Boden gefunden, wo der Staub dicker lag als im übrigen Teil der sauber gefegten Scheune. Wenn man wusste, dass Motorräder eine Rolle spielten und man nach entsprechenden Indizien suchte, konnte man mit gutem Willen die Reifenabdrücke dieser Zweiräder erkennen. Kirchfink drehte sein Handy um und machte mehrere Fotos von der Spur.

»Vergessen Sie nicht, Chef, Andrzej konnte den Zeitplan nicht einhalten. Sie haben ihn eingelocht und damit außer Gefecht gesetzt, nachdem er Ihr Portemonnaie gestohlen hatte«, erinnerte ihn Kirchfink.

Steffens pfiff durch die Zähne, ohne die Bemerkung seines Assistenten zu kommentieren. »Also wurde hier wahrscheinlich die Hehlerware zwischengelagert. Bitte vorsichtig nach weiteren Beweisen suchen, aber bloß nicht andere Hinweise dabei zerstören!«

»Chef, sollten wir den Häcksler nicht auch auf Spuren untersuchen? Vielleicht hängt ja noch was von Nöllches Schäng drin.«

»Oh mein Gott, Kirchfink! Welche unangenehme Vorstellung. Also, als ich den Leichnam gesehen habe, war alles dran.« Steffens schüttelte sich bei der Erinnerung. »Und Dr. Münster hat mit Ausnahme der fehlenden Netzhäute auch keine Auffälligkeiten bemerkt. Dennoch sollten wir wohl nach Spuren suchen. Vielleicht erzählt uns ja die Maschine auf diesem Weg, wer alles an ihr gearbeitet hat«, erwiderte Steffens und gab dem Kollegen von der Spurensicherung ein entsprechendes Zeichen. »Wir helfen auch beim Einladen.«

Steffens ging zurück zu Magda, die immer noch auf der Bank saß.

»Wie viele Katzen füttern Sie denn hier?«, fragte er vorsichtig. »Wenn ich mir die Mengen Futter ansehe, erwarten Sie doch mindestens zwei, oder?«

»Ja, waren mal drei, aber plötzlich sind nur noch zwei. Weiß auch nicht, warum. Vielleicht überfahren auf Straße.«

»Das kann sein«, nickte Steffens. »Was hat Ihr Bruder denn in der Scheune gefunden?«

»Er musste nichts suchen, plötzlich hat der alte Rader alles erlaubt. Aber Andrzej sollte dafür die ganze Scheune aufräumen und saubermachen.«

»Haben Sie ihm dabei geholfen?«

»Nein«, antwortete Magda kurz.

»Ich werde morgen nach Aachen ins Gefängnis fahren und Andrzej besuchen. Möchten Sie mir vorher noch etwas erzählen?«

»Nein, ich nicht erzählen. Alles okay. Mein Bruder kann erzählen.«

Und als ob man einen Knopf betätigt hätte, schwieg Magda beharrlich. Steffens gab sich geschlagen. Morgen würde er sich Andrzej vorknöpfen. Der Kommissar war sicher, dass dessen Schwester ihm nur Hilfe geleistet hatte, ohne zu wissen, worum es eigentlich ging.

Eine verspielte graugetigerte Katze lugte zwischen dem Gras hervor. Von Weitem beobachtete sie die Fressnäpfe und prüfte, ob die Luft wohl rein sei. Steffens bemerkte das Tier und konnte sich kaum noch vorstellen, dass unter diesem weichen Fell so ein grausam wirkender Schädel verborgen war.

»Haben Sie denn nie wissen wollen, woher Ihr Bruder die vielen Motorräder hat?«, versuchte der Kommissar ein letztes Mal.

»Andrzej hat gesagt, dass er die verkauft und deshalb nicht im Regen stehen dürfen. Sie müssen gut geputzt und schön aussehen.«

Steffens gab sich mit der Antwort zufrieden. Er beobachtete noch eine Weile die kleine Katze, die sich mittlerweile an die Näpfe geschlichen hatte.

KAPITEL SECHSUNDZWANZIG

Am nächsten Vormittag fuhren Steffens und Kirchfink nach Aachen zur JVA. Kirchfink repetierte noch einmal, welche Puzzleteile miteinander verbunden werden müssten.

»Wir haben eine schlecht präparierte menschliche Leiche, deren Identität wir kennen. Wo dieser Körper haltbar gemacht worden ist, wissen wir ebenfalls, denn es ist zweifellos die Scheune vom alten Rader. Aber wir können noch nicht mit Gewissheit sagen, wann, warum und von wem Nöllches Schäng ermordet worden ist und weshalb er erst sehr viel später im Wald abgelegt wurde. Außerdem wissen wir, dass der Alte Auftragsarbeiten angenommen hat, um die Trophäen der Jäger zu präparieren. So erklärt sich seine Werkstatt, aber die Fragen rund um den obdachlosen Schäng bleiben noch offen.«

»In Köln haben die Kollegen mehrere als gestohlen gemeldete Motorräder gefunden, in einem Container, Seite an Seite mit Wildtierkadavern, beziehungsweise teilweise nur den übriggebliebenen Fellen erlegter Tiere. Irgendwie ist doch anzunehmen, dass der Inhalt des Containers der Folgezustand der Hinweise aus der Scheune ist«, versuchte Kirchfink die Gedanken seines Chefs weiter zu spinnen.

»Hä? Das verstehe ich nicht.«

»Ist doch ganz einfach, Chef. Zuerst waren die Wildtiere quietschvergnügte Waldtiere. Die Jäger setzten dem ein Ende und brachten sie zum Rader zwecks Taxi … dingens … ähm wie heißt es auch noch?«

»Taxidermie«, half Steffens weiter.

»Genau. Jetzt sind die Viecher, oder das, was übrig ist, in der Scheune angekommen. Genauso verhält es sich mit den gefundenen Motorrädern aus dem Container. Zuerst waren das geile Böcke für Motorradfans, dann wurden sie geklaut und in Raders Scheune untergestellt. Aber eben nur quasi zwischengelagert. Man hatte noch was mit den Dingern vor. Genau wie mit den Tierkadavern. Und plötzlich finden sich die im Einsiedlerhof zwischengelagerten Sachen zusammen im Container wieder, der dann wiederum von der Polizei entdeckt wird. Verfolgt man also die Spuren, beginnt der gemeinsame Weg dieser Fundsachen zweifelsohne in Raders Scheune.«

»Das erklärt aber noch nicht den Mord an Nöllches Schäng.«

»Stimmt, aber es eröffnen sich verschiedene Möglichkeiten. Das Diebesgut und die Wildtiere beginnen ihre gemeinsame Zeit in der Scheune. Vielleicht gehört Nöllches Schäng ja auch dazu.«

»Ziemlich abenteuerlich, aber ich beginne, Ihren Gedankenweg zu verstehen. Alles beginnt in der Scheune, aber den Leichnam im Container abzulegen, wäre unsinnig gewesen, denn den konnte man ja nicht mehr zu Geld machen. Die Motorräder aber sicher und präparierte Wildtiere eben auch. Demzufolge wurde die Leiche im Wald abgelegt, der Rest aus der Scheune in einen Container gepackt und dann nach Köln gefahren, von wo aus die Geldbeschaffung beginnen konnte.«

»Genau, Chef, besser hätte ich es nicht erklären können. Aber jetzt macht Andrzej einen entscheidenden Fehler. Er lässt sich als Taschendieb festnehmen und der fein ausgeklügelte Zeitplan wird gesprengt. Dumm gelaufen, die Tiere verwesen, eine Maschine ist auf dem Transport im Container umgefallen und verliert daraufhin Öl, das langsam aber stetig ausläuft und den Weg aus dem Stahlgehäuse nach draußen findet.«

»Durch das ausgetretene Öl werden die Arbeiter auf der angrenzenden Müllhalde auf den Container aufmerksam, informieren die Polizei, die daraufhin die Maschinen, aber eben auch die stinkenden Tierkadaver findet. Spricht alles dafür, dass Magdas Bruder der Beschaffungskriminalität schuldig ist. Wir müssen es ihm nur noch beweisen oder auf sein Geständnis hoffen. Aber wer in Herrgottsnamen hat dann Nöllches Schäng ermordet?«

»Das kriegen wir noch raus. Vielleicht hat ja sogar unser Taschendieb Hand an Nöllches Schäng gelegt. Jetzt statten wir Andrzej erst mal unseren angekündigten Besuch ab. Und er wird sich warm anziehen müssen! Auch wenn wir als erstes die Leiche hatten, werden wir sozusagen das Pferd von hinten aufzäumen müssen um Klarheit über die Vorkommnisse in der Scheune bekommen.«

Anerkennend nickte Steffens seinem Assistenten zu.

Er fand einen Parkplatz und die beiden Männer gingen gewappnet zum Eingang des Gefängnisses.

Wie schon beim ersten Mal durchschritten sie in Begleitung eines JVA-Beamten die langen Flure bis zum Vernehmungszimmer. Auch jetzt waren – für den Strafgefangenen unsichtbar – die Plätze hinter der schwarzen Scheibe besetzt, um bei Bedarf Unterstützung für die beiden Ermittler leisten zu können.

Andrzej saß schon am Tisch und reagierte kaum auf die professionelle Begrüßung des Kommissars. Auch Kirchfink nickte ihm zu und nahm den gleichen Platz wie beim ersten Mal ein. Steffens drehte seinen Stuhl wie gewohnt um und setzte sich mit der Brust gegen die Lehne, ohne Andrzej aus den Augen zu lassen.

»Können Sie Motorrad fahren?«, eröffnete Steffens das Verhör.

Überrascht sah Andrzej auf. »Ja, Motorrad und auch Auto«, gab er den beiden mehr Informationen als erhofft.

»Haben Sie auch ein Motorrad?«

»Nicht hier in Deutschland, aber in Polen.«

»Es wurden Motorräder gefunden, von denen wir annehmen, dass Sie die alle zum alten Rader gefahren haben«, trumpfte Steffens auf.

Die Mimik seines Gegenübers verdüsterte sich. »Warum?«, fragte er knapp.

»Weil wir ziemlich sicher sind, dass Sie eine größere Anzahl Motorräder in der Scheune bei Ihrer Schwester untergestellt haben, bevor die Maschinen nach Köln gebracht wurden.«

Andrzej schwieg.

Schon wieder dieser Ehrenkodex seiner Schwester gegenüber. Steffens erkannte auf einmal die Ähnlichkeit der beiden Halbgeschwister in der Art, wie sie beharrlich schweigen konnten.

»Ich habe keine Lust auf das Katz- und Maus-Spiel.« Steffens Stimme erhob sich. »Vielleicht erklären Sie mir ja, wie die Reifenspuren in die Scheune kommen? Noch dazu, da Sie ja offensichtlich den alten Rader um Erlaubnis gebeten haben, Ihre Motorräder dort unterstellen zu dürfen. Außerdem haben wir Grund zur Annahme, dass Sie gar nicht der rechtmäßige Besitzer der Motorräder sind, sondern dass es sich um gestohlene Maschinen handelte.«

Andrzejs Gesicht war starr, der Blick nicht zu deuten. Angespannt beobachtete Steffens den Mann, den er anfangs nur für einen kleinen Taschendieb gehalten hatte und der jetzt zweifellos als Schieber wertvoller gestohlener Zweiräder angesehen werden musste.

Plötzlich ging eine Veränderung in ihm vor. »Ja, ich habe alten Mann gefragt, ob ich meine Motorräder in der Scheune abstellen darf. Er wollte erst nicht, dann hat er es erlaubt. Ich musste die Scheune fegen, das hat er mir befohlen, sonst keine Möglichkeit. Aber ich verstehe nicht, dass Motorräder jetzt in Köln gefunden.«

Steffens hakte nach, aber Andrzej schwieg mit abwesendem Blick. Der Kommissar erkannte, dass hier heute nichts mehr zu holen war. Kirchfink und er deuteten beide ein Schulterzucken an und verließen frustriert den Raum. Hinter der Scheibe waren die beiden Ermittler aufmerksam beobachtet worden. Beim Verlassen des Raumes trat ihnen schon der leitende Beamte entgegen.

»Harter Brocken und für einen Kleinkriminellen irgendwie zu abgebrüht«, bemerkte er. »Wenn wir was rauskriegen, ruf ich Sie an. Da geht noch was«, und mit diesem Versprechen begleitete er die beiden Männer zum Ausgang.

Wieder im Auto, fluchte Steffens laut. »So eine gottverdammte Scheiße. Das ist echt ein zäher Brocken aber irgendwo gibt es eine Schwachstelle. Und wenn es die Verbindung zu seiner Schwester ist.«

»Es muss aber auch noch einen Komplizen geben. Einen, der den Container bewegen kann. Wahrscheinlich hat der die Ware mit dem Container hier in der Eifel abgeholt, in Köln abgestellt und auf weitere Instruktionen von Andrzej gewartet.«

»Der die aber nicht geben konnte, weil er ja eingelocht ist. Also hat der unbekannte Komplize auf eigene Faust den Container in Köln weggefahren. Das grenzt den Kreis der Verdächtigen ein, denn nicht jeder hat die Möglichkeit, einen Containertransporter zu steuern. Das ist es ja, was die Kölner Kollegen mittels ihrer Straßenkontrollen dingfest machen wollen. Haben sie den gefunden, haben wir tatsächlich einen wichtigen Komplizen. Aber das ist jetzt deren Arbeit, die haben sich das Zeugs ja auch klauen lassen. Wir stecken fest, wenn wir uns hier festbeißen, denn der Aufklärung des Mordes an Nöllches Schäng kommen wir damit nicht näher. Ich habe das Gefühl, dass wir ganz kurz vor der Antwort stehen und trotzdem drehen wir uns im Kreis. Und die Lösung ist irgendwie mit Andrzej verbunden.

Der hat doch die Leiche verscharrt. Kirchfink, wir haben die falschen Fragen gestellt. Wir haben uns von den Spuren in der Scheune ablenken lassen und die eigentlichen Mordermittlungen in den Hintergrund geschoben. Was für ein blödsinniger Fehler.« Steffens startete den Wagen. »Wir brauchen eine zündende Idee, aber ich habe keine.«

Schweigend fuhren die beiden Richtung Monschau. Nachdem Steffens seinen Assistenten dort hatte aussteigen lassen, fuhr er zurück bis Mützenich. Er parkte sein Auto auf dem Wanderparkplatz und ging die kleine Anhöhe zum Steling hinauf. Dort setzte er sich auf die Bank und ließ seinen Blick über das Panorama der Eifellandschaft gleiten. Eine kaum gekannte Ruhe ergriff ihn. Tief atmete Steffens die würzige Luft ein und genoss die leichte Brise, die ihm durch die Haare blies. Er hoffte in dieser Umgebung auf die Eingabe, die ihn endlich weiterbringen würde.

Plötzlich klingelte sein Handy. Dem Kommissar fiel siedend heiß ein, dass er völlig vergessen hatte, Dr. Münster zurückzurufen, der in den letzten Stunden mehrfach versucht hatte, Steffens zu erreichen. Ohne viele Worte kam Dr. Münster sofort zur Sache: »Halten Sie sich fest, Steffens, das Messer, mit dem der alte Rader nach ihnen geworfen hat, ist definitiv die Mordwaffe, mit der Nöllches Schäng getötet wurde.«

»Was?«, fragte der Kommissar etwas dümmlich. »Sie müssen es nicht nochmal sagen, aber das muss ich jetzt erst mal verdauen. Damit ist der alte Rader tatsächlich der Mörder. Ich kann ihn jetzt überführen. Danke, Dr. Münster.«

Erreichte ihn dieser Anruf jetzt aus Zufall oder war der Steling tatsächlich ein magischer Ort?

KAPITEL SIEBENUNDZWANZIG

Während Steffens ziemlich aufgewühlt seinen Platz der Stille verließ und ihn das Kribbeln erfasste, das er immer dann spürte, wenn er ein Verbrechen witterte, oder er sich der Lösung eines solchen sehr nah wähnte, arbeiteten seine Kollegen in Köln auf Hochtouren.

Am Morgen war der Diebstahl eines Containertransporters gemeldet worden. Dabei handelte es sich um einen Speziallastentransporter mit Kranaufbau. Ein ziemlich großes und auch teures Gefährt. Der Besitzer der Spedition war außer sich. »Es gibt nur wenige Fahrer, denen es überhaupt erlaubt ist, so ein Geschoss zu steuern«, jammerte er bei der Anzeigenaufnahme gegen Unbekannt. »Ich kann meinen Laden dichtmachen. Großtransporte waren unsere Spezialität. Damit konnten wir beim Kunden punkten und jetzt ist der Transporter weg. Er war noch nicht mal voll abbezahlt. Mit den Aufträgen wollte ich die Raten bei der Bank tilgen. Einen solchen Koloss bezahlt man nun mal nicht einfach aus der Portokasse. Verstehen Sie doch, ein eigener Lastenkran als Aufbau direkt hinter dem Fahrerhaus, nicht einfach so eine Seilwinde, wie bei jedem Popelsgartenabfallcontainer.«

Mit vollem Mund jammert man nicht, dachten sich die Beamten, also wurde der arme Geschädigte großzügig mit Kaffee versorgt.

Allen war ziemlich klar, dass nur ein solches Gefährt den begehbaren Container mitsamt den Motorrädern von der Stelle fortbewegen konnte. Der Zusammenhang zwischen dem Diebstahl des Transporters und dem Verschwinden des Containers neben der Mülldeponie war für die Belegschaft völlig klar, also waren rund um Köln die Ausfallstraßen gesperrt worden, um bei einer Verkehrskontrolle den oder die Diebe des besagten Transporters samt Container und Hehlerware zu erwischen. Schließlich konnte ein solches Mammut nicht so einfach verschwinden oder versteckt werden. Niemand hatte allerdings damit gerechnet, dass bis zum Abend keinerlei Erfolg zu verzeichnen war. Sowohl die diensthabenden Beamten vor Ort auf den Straßen als auch die in der Einsatzzentrale im Präsidium waren stocksauer. Hatten sie eventuell die Straßensperren und die Kontrollen zu spät oder sogar zu eng um Köln eingerichtet? War der lachende Dritte schon längst jenseits der imaginären Grenze auf dem Weg nach Osten? Es war zum Haare raufen.

Eigentlich hätten die Kölner Polizisten den Raub des Diebesgutes gerne schnell und unspektakulär zu den Akten gelegt, aber jetzt sahen sie sich gezwungen, Amtshilfe bei den umliegenden Polizeistationen anzufordern und den Radius der Verkehrskontrolle größer zu ziehen. Was als kleine Verkehrskontrolle angedacht gewesen war, wurde zu einer groß angelegten Suchaktion über die Grenzen von Nordrhein-Westfalen hinaus.

Der leitende Beamte wählte schweren Herzens Steffens Handynummer, um den Kommissar, der bis vor Kurzem noch ein leitender Kollege in Köln gewesen war, zu informieren. Und mehr noch, Steffens wurde von seinem früheren Amtsleiter, der maßgeblich an seiner Versetzung nach Monschau beteiligt gewesen war, gebeten, das Verhör mit Andrzej Stoyczek im Sinne der Kölner Polizei fortzuführen. Steffens konnte die Blamage förmlich fühlen und den inneren Vorbeimarsch nicht zurückhalten. Grinsend beendete er das Telefonat, nicht ohne seine Bereitschaft zur Zusammenarbeit zu beteuern.

KAPITEL ACHTUNDZWANZIG

Am nächsten Tag war die Stimmung in der Monschauer Polizeistation sehr geschäftig. Steffens informierte zunächst seine Mitarbeiter.

»Nach dem Telefonat mit Dr. Münster wissen wir jetzt, dass der alte Rader höchstwahrscheinlich der Mörder von Nöllches Schäng ist. Das Messer ist dasselbe, mit dem er mich attackiert hat. Es weist DNA-Spuren vom Mordopfer auf.«

»Wir wissen, dass es aus seinem Haushalt stammt, aber vielleicht hat sich der Mörder ja auch nur dessen bedient. Wer sagt denn, dass der Alte auch wirklich der Mörder ist. Dass das Messer irgendwann Teil des Bestandes in seiner Besteckschublade war, beweist ja noch nicht endgültig seine Schuld«, wandte Kirchfink ein.

»Wer sonst? Etwa Magda?«

»Vielleicht, aber vielleicht auch ihr Bruder.«

»Es ist wirklich zu blöd, dass die Haltbarkeitsmachung es schier unmöglich macht, den genauen Zeitpunkt des Todes festzustellen. Dann wüssten wir, ob Schäng schon tot war, als Andrzej zum ersten Mal auf den Hof kam. Kirchfink, Sie fahren mit, wir fahren jetzt nochmal nach Düren.«

»Chef, Telefon«, unterbrach Paul Kreitz. »Scheint dringend zu sein. Es ist der Leiter der Forensik in Düren.«

»Ja, Steffens hier«, meldete sich der Kommissar und dann folgte ein langes Schweigen, während Steffens einfach nur zuhörte. Sein Gesicht wurde ernst. »Haben Sie die zuständige Polizei schon informiert?« Wieder entstand eine längere Pause, in der der Kommissar zuhörte. »Ich danke für die Information. Eigentlich wollten wir ihn heute nochmal verhören, jetzt warten wir erstmal auf den Bericht der Dürener Kollegen. Bis bald.«

Steffens blickte irritiert in die fragenden Gesichter seiner Mitarbeiter. »Der alte Rader ist heute Morgen tot in seinem Bett gefunden worden. Er hat sich die Pulsadern aufgeschnitten. Die junge Schwesternschülerin, die ihn gefunden hat, muss wohl einen Nervenzusammenbruch erlitten haben. Zu viel Blut. Die zuständige Polizei und Spurensicherung sind informiert und auf dem Weg dahin. Sieht alles nach einem Selbstmord aus, ob es einen Abschiedsbrief gibt, werden wir noch erfahren. Dieser Messerfetischist!«

Schlagartig war die eben noch gefühlte Aufbruchsstimmung verflogen.

»Männer, ich brauche jetzt einen guten Kaffee, meinetwegen auch aus den Wildtierbechern«, stöhnte Steffens. »Wir waren der Lösung so nah, und dann gibt der Kerl einfach freiwillig den Löffel ab.«

»Ich brauch einen«, rief Basti Schreiber von hinten.

»Was?«

»Na ja, nen Löffel, bei so viel Zucker in meinem Kaffee!«

Die vier Männer sahen sich an und grinsten. Der Kaffee tat gut! Die Zusammenarbeit auch.

Das Telefon schrillte. »Basti, Einsatz. Dem Bauern Huppertz sind schon wieder die Kühe ausgebrochen!«, rief Paul Kreitz und schwang sich im Laufen seine Uniformjacke über die Schulter. »Mein Gott, bis wir zurückkommen ist mein Kaffee kalt«, maulte Schreiber und folgte seinem Kollegen widerwillig.

KAPITEL NEUNUNDZWANZIG

Die Morgensonne hatte schon die Spitzen der Bäume des Fichtenwaldes erreicht und strahlte über sie hinweg auf den alten Einsiedlerhof. Die augenscheinliche Idylle war trügerisch, denn wer konnte sich bei diesem friedlichen Anblick schon vorstellen, was sich hinter den Natursteinmauern dieses kleinen Anwesens abgespielt haben musste. Mit solchen Gedanken steuerte Steffens erneut den alten Audi in die Einfahrt. Er bemerkte die Bewegung der Gardine im Inneren des Wohnhauses.

»Aha, wir werden erwartet, wenn auch nicht freudig«, informierte er seinen Assistenten.

Magda öffnete die Haustür vorsichtig und trat den beiden Ermittlern völlig unverbindlich entgegen. »Was denn noch?«, fragte sie ziemlich unwirsch. »Ist doch schon genug, dass Andrzej im Gefängnis. Ich nichts weiß!«

»Das glaube ich Ihnen nicht ganz«, antwortete Steffens ruhig und stellte automatisch den Fuß in den Türspalt. Magda hatte es bemerkt und die Aufforderung verstanden. Sie bat Steffens und Kirchfink in die Wohnküche. Auch jetzt war der kleine Raum sehr ordentlich und sauber. Ein angefangenes Frühstück stand auf dem Tisch mit der bunten Wachstuchdecke. Auf der Anrichte lagen Kartoffeln und Möhren, die zweifellos auf ihre Verarbeitung warteten. Magda folgte dem taxierenden Blick des Kommissars und erklärte völlig unnötig, dass sie heute Suppe kochen wolle.

»Wann war Ihr Bruder zum ersten Mal hier auf dem Hof?«, begann Steffens das Verhör.

»Ich denke Februar«, antwortete Magda nach einiger Überlegung. »Ja ich bin sicher«, untermauerte sie dann noch einmal die Angabe.

»Wann haben Sie Nöllches Schäng hier kennengelernt?«

»Wer ist das?«, fragte Magda.

»Das ist der Tote, den Ihr Bruder im Wald verscharrt hat und der in Ihrem Auto transportiert worden ist!«, versuchte Steffens der jungen Frau auf die Sprünge zu helfen.

In schon bekannter Manier starrte Magda trotzig vor sich hin. Steffens spürte, wie sich seine eigene Ungeduld gepaart mit Wut den Weg aus der Bauchhöhle nach oben bahnte und die Oberhand zu gewinnen drohte. Er knetete zur Beruhigung seine Finger.

Kirchfink verhinderte Schlimmeres, indem er seinem Chef zu Hilfe kam. »Bitte erzählen Sie jetzt alles, was Sie wissen, sonst müssen Sie mit zur Polizeistation kommen!«, forderte er Magda unmissverständlich auf.

Magda setzte sich schweigend an den Tisch. Die beiden Männer nahmen wie selbstverständlich ihr gegenüber Platz. Vorwitzige Sonnenstrahlen hatten den Weg durch die kleinen Sprossenfenster gefunden und spielten farbige Akzente auf das Tischtuch. Anspannung lag in der Luft. Fast tat Magda den Ermittlern leid, aber eben nur fast, hier ging es schließlich um Mord! Plötzlich fiel ein Schatten ins Zimmer. Erschrocken blickten Steffens und Kirchfink zum Fenster. Draußen auf der Fensterbank hatte aber lediglich ein dicker Kater in der Sonne ein gemütliches Plätzchen gefunden und mit seiner Fellreinigung begonnen. Schon wieder diese Polarisierung zwischen possierlich und grausam, Idylle und Verbrechen. Steffens musste an den Katzenschädel im Häcksler und die schlecht konservierte Leiche im Wald denken.

»Nun reden Sie schon!«, machte er seiner Ungeduld Luft.

»Als mein Bruder auf Hof kam, war Herr Rader schon für immer im Bett. Er hatte schlechte Laune und wollte Andrzej nicht kennenlernen. Aber Andrzej war hartnäckig. Immer wieder hat er versucht, mit dem alten Mann zu reden. Dann auf einmal war alles anders. Wenn Andrzej die Scheune aufräumen und saubermachen würde, könnte er die Motorräder reinstellen.« Die anfangs stockende Erzählung wurde immer flüssiger und erstaunlicherweise verfügte die junge Polin über einen viel größeren Wortschatz der deutschen Sprache, als sie bislang hatte erkennen lassen. Sie nahm einen großen Schluck des inzwischen kalten Kaffees.

»Der alte Herr Rader zeigte mir, dass der Schlüssel für Scheune hing im Kleiderschrank. Ich ging mit meinem Bruder in die Scheune. Es war furchtbar! Andrzej öffnete das große Tor. Tausend Fliegen kamen uns entgegen. Alles war dunkel, es stank so schrecklich.« Noch bei der Erinnerung an diesen Moment überkam Magda ein heftiges Zittern. Diesmal tröstete Steffens sie nicht. Sie musste diesen Moment noch einmal durchleben, um sich beim zweiten Mal vielleicht noch an andere, wichtige Details zu erinnern. Wie in Trance führte sie ihren Bericht fort.

»Mein Bruder bat mich, eine Taschenlampe aus dem Haus zu holen. Er wartete so lange draußen auf dem Hof und hatte eine Zigarette. Die Taschenlampe war nicht sehr hell. Ich band mir Tuch um Mund, weil der Gestank war schlimm. Zuerst fanden wir eine tote Katze, das war meine kleine Mozza, die ich schon länger vermisst habe. Ist wohl irgendwie in die Scheune gekommen und hat den Ausweg nicht mehr gefunden. Ich habe mich erschrocken und sehr geweint. Andrzej hat mich getröstet und mir versprochen, alles wird gut. Andrzej fand den Lichtschalter. Dann die Scheune war hell und wir sahen die vielen Kanister und die Unordnung und die Tür hinten.«

Magdas Beherrschung ließ nach. Tränen liefen über ihr Gesicht und sie zuckte, als hätte sie Schüttelfrost.

Kirchfink sah seinen Chef fragend an, der aber blieb hart und schüttelte fast unmerklich den Kopf. Erbarmungslos ließ er die junge Polin in der Erzählung fortfahren.

»Andrzej öffnete die Tür. Die war sehr schwer. Dahinter alles dunkel und noch mehr Fliegen. Ich habe geschrien. Mein Bruder mich in den Arm genommen und vorsichtig mit Taschenlampe geleuchtet. Da lag der Mann und glotzte aus komischen Augen. Er war bestimmt tot, aber er sah fast lebendig aus. Das war zu viel. Ich bin weggelaufen. Habe lange überlegt, was ich soll sagen zu altem Herrn Rader. Hat der gewusst, dass eine Leiche liegt in der Scheune?« Magda stand auf und lehnte sich gegen die Anrichte der kleinen Kochzeile. Gedankenverloren biss sie in eine Möhre und kaute knackend, bis sie weitererzählte.

»Andrzej kam aus Scheune und hat nichts gesagt, nur geduscht. Dann hat er gefragt, ob ich habe Wodka. Nach zwei Wodka ist er zum alten Bauern gegangen. Die Zwei haben laut gestritten. Nach halber Stunde war alles klar. Mein Bruder hat versprochen, Leiche im Wald zu begraben. Dann Scheune saubermachen, Motorräder reinstellen und dann noch Geld kassieren. Ein bisschen Geld war auch für mich, damit ich halte Mund.«

»Ab hier kennen wir die Geschichte. Er hat also Ihr Auto genommen, die Leiche abtransportiert und im Wald verscharrt. Dummerweise genau an dem Tag, als ich auf dem Weg zu meiner neuen Dienststelle dort vorbeifuhr und auf das Auto aufmerksam wurde. Offensichtlich haben wir Ihren Bruder bei seiner Mission gestört. Er hat also hastig Erde über den Toten geworfen, den Wagen stehen lassen und ist durch den Wald abgehauen.«

Steffens war die Sachlage jetzt ziemlich klar. Die Schilderung klang sehr einleuchtend und bestätigte, dass die Ermittler den alten Rader mit großer Sicherheit als Mörder von Nöllches Schäng überführen könnten, wenn dieser noch am Leben wäre.

Aber der Kommissar hatte noch eine Frage. Dazu griff er in die Seitentasche seiner Lederjacke und holte das abgerissene Stück der kleinen Goldkette hervor, welches sie im Wald gefunden hatten. Magdas Reaktion war eindeutig, auch ohne Worte. Sie erkannte das Indiz.

»Haben Sie Ihrem Bruder geholfen, die Leiche zu verscharren?«, fragte Steffens fast schon gnadenlos.

Magda schwieg eine Weile, bevor sie langsam den Kopf schüttelte. »Nein, habe ich nicht. Das hätte mein Bruder nie von mir verlangt.«

»Dann erklären Sie mir doch mal, wie dieses Kettchen in den Wald kam!«

»Andrzej hatte mein Auto. Dieses Kettchen für Fuß habe ich früher schon im Auto verloren. Bin am Pedal von Bremse hängengeblieben. Das ist der Rest von Schmuckstück. Muss rausgefallen sein, als mein Bruder ausgestiegen ist.«

»Ich glaube Ihnen«, lenkte der Kommissar ein und übergab den Rest des Fußkettchens an Magda. Die ließ es von der einen Hand in die andere gleiten, bevor sie die Frage stellte, deren Antwort sowohl Steffens als auch Kirchfink noch unter den Nägeln brannte: »Was passiert mit dem alten Mann Rader. Habe ich noch Arbeit hier, oder muss ich zurück nach Polen? Ich muss mit meiner Agentur sprechen. Und was passiert mit meinem Bruder? Er muss noch lange im Gefängnis bleiben?« Sie formulierte die letzte Frage wie eine Feststellung.

»Herr Rader ist tot. Er wurde heute Morgen leblos in seinem Bett gefunden«, erklärte Steffens kurz. Kirchfink hatte verstanden. Magda war viel zu aufgewühlt, um die Umstände des Selbstmordes zu verkraften. Eigentlich fand auch Kirchfink es richtig, dass Magda vorerst nicht erfuhr, dass es überhaupt ein Selbstmord war.

Magda zeigte ihre Gefühle nicht, sie starrte vor sich hin, als ob eine passende Antwort in die Luft geschrieben wäre.

»Jetzt müssen wir aber dennoch einmal zusammen in die Scheune gehen. Dort erklären Sie dem Kommissar und mir bitte die Einzelheiten, insbesondere, wo die Motorräder gestanden haben, wie viele Maschinen es waren und wie sie abtransportiert wurden«, forderte der Assistent die Polin auf.

Steffens und Kirchfink nahmen die zitternde Frau in ihre Mitte und so betraten sie gemeinsam die große Scheune.

Abrupt drehte Magda sich um. Die Erinnerungen übermannten sie. Steffens konnte sie gerade noch daran hindern wegzulaufen.

»Stopp!«, rief er und erwischte ihren Arm. »Sie müssen uns jetzt hier natürlich auch zeigen, wo die Leiche gelegen hat und an was Sie sich noch erinnern.« Steffens Stimme duldete keinen Widerspruch.

»Da hinten, viele Motorräder, ich nicht gezählt.« Magda zeigte genau in die Ecke, wo Kirchfink die Reste von Reifenspuren gefunden hatte. »Aber da fehlt Gartenmaschine für Äste«, bemerkte sie.

»Stimmt, da stand ein Häcksler. Wir haben ihn mitgenommen, damit er auf Spuren untersucht werden kann«, bestätigte Steffens. Er hielt es für völlig unangebracht, den Katzenschädel zu erwähnen.

»Und unter dem langen Tisch waren viele Kanister und auf dem Tisch so komische kleine Gestelle«, zählte die junge Frau weiter auf.

»Wussten Sie, dass der alte Rader hier tote Tiere ausstopfte?«, fragte Kirchfink

»Ausstopfen? Was ist das? Ich stopfe Strümpfe und kann kleben Lederjacke, aber was machte der alte Mann? Tote Tiere stopfen?« Magdas Stimme klang leicht hysterisch.

»Die sind tot, sehen dann aber wieder aus wie lebendig, stehen auf einem Ast oder so ähnlich und man kann sie an die Wand hängen oder irgendwo hinlegen«, versuchte Kirchfink sein Glück, die Kunst der Taxidermie zu erklären.

»O mój bóże«, rief Magda und bekreuzigte sich. »Wie Leiche hinten im kalten Zimmer.«

Erstaunt nickten die beiden Ermittler. Magda hatte durchaus verstanden, warum die sterblichen Überreste von Nöllches Schäng so untot gewirkt hatten.

»Sollen wir jetzt einen Kaffee in der Sonne trinken?«, fragte Steffens. Er hatte genug gehört, um sich ein Bild zu machen, wie die Scheune vor Andrzejs Säuberungsaktion ausgesehen haben konnte. Auch war er sich ziemlich sicher, dass Magdas Bruder seine kriminelle Energie nicht auch von seiner Schwester erwartet hatte. Im Gegenteil, der Schutz seiner Halbschwester war ihm wichtig gewesen, auch wenn er ihre Anstellung bei Rader für sich und seine Machenschaften benutzt hatte.

Magda kochte Kaffee, während die beiden Männer den Gartentisch und drei Stühle in die Sonne schoben. Sie nahmen alle an den etwas in die Jahre gekommenen Gartenmöbeln Platz, und Steffens begann nach einer kleinen Pause: »Magda, ich kann Ihnen noch nicht sagen, welche Zukunft auf Sie wartet. Zunächst müssen Sie sich damit abfinden, dass Ihr Bruder eine Freiheitsstrafe bekommen wird. Er wird einige Zeit im Gefängnis bleiben müssen. Um die Strafe zu reduzieren, kann es wichtig sein, dass er uns und der Kölner Polizei hilft, die verschwundenen Motorräder wiederzufinden. Möchten Sie morgen mit uns nach Aachen fahren, Ihren Bruder im Gefängnis besuchen und ihm seine Situation klarmachen?«

Ein Lächeln huschte über das in den letzten Stunden gealterte Gesicht. Sie nickte dankbar. Kirchfink betonte noch einmal: »Ihr Bruder muss verstehen, wie wichtig seine Mitarbeit mit der Polizei jetzt auch für ihn ist. Glauben Sie, Magda, Sie können ihm das erklären? Dann könnte seine Strafe milder ausfallen.«

»Können wir dann zusammen zurück nach Polen?«

»So schnell leider nicht. Andrzej wird eine Strafe bekommen, aber wenn er uns hilft, vielleicht nur eine kleine.«.

Steffens lehnte sich mit dieser Behauptung weit aus dem Fenster. Denn neben dem Kavaliersdelikt des Taschendiebstahls, gab es da noch die Beschaffungskriminalität im größeren Stil, offensichtlich auch mit Komplizen und last but not least die Vertuschung eines Kapitalverbrechens aus Habgier. Kein Staatsanwalt der Welt ließe sich bei solchen Anschuldigungen durch die hübschen Augen der polnischen Schwester erweichen. Aber trotzdem hoffte Steffens auf Andrzejs Mithilfe, und wer weiß, vielleicht konnte der junge Pole ja doch noch irgendwie seinen Kopf aus der Schlinge ziehen.

Der Kommissar war nach Magdas Schilderungen, wie sie die Scheune vorgefunden hatte, jetzt sehr gespannt auf Andrzejs Geschichte.

»Wir holen Sie morgen gegen zehn Uhr hier ab. Dann können Sie Ihren Bruder besuchen und in Ruhe mit ihm sprechen«, verabschiedete sich Steffens bei Magda. Die beiden Ermittler gingen zügig zum Auto und verließen den Einsiedlerhof über den Feldweg zur Straße. Staub wirbelte hinter dem Wagen auf, während die junge Frau ihnen gedankenvoll nachschaute. Als sie sicher war, dass wirklich niemand mehr sie beobachten konnte, ging Magda zögernd zur Scheune zurück. Die letzten Sonnenstrahlen erreichten das große Tor. Die Polin fröstelte. Sie wickelte die Strickjacke enger um ihren Oberkörper und hielt die wärmende Hülle mit den Armen fest. Voller Selbstüberwindung schritt sie zur Leiter, die zum Heuboden führte. Sie erklomm die zwölf Sprossen und wurde mutiger. Oben angekommen, wusste sie genau, welches Brett in der Dachverkleidung locker war und wie sie es zur Seite schieben musste, um die dahinter verborgene Blechkiste aus ihrem dunklen Versteck zu befreien.

KAPITEL DREIßIG

Derweil hatten die beiden Ermittler Monschau erreicht. Nachdem Kirchfink ausgestiegen war, steuerte Steffens den Wagen mal wieder Richtung Mützenich. Eine unerklärbare Sehnsucht nach dem magischen Ort ließ ihn nicht mehr los. Er parkte sein Auto unterhalb des Steling, schloss alle Türen ab und ging zu Fuß zu seiner Bank, die auch dieses Mal auf ihn zu warten schien. Aufatmend ließ der Kommissar sich auf dem Holz nieder und erschauerte angesichts dieses grandiosen Ausblicks erneut. Die Sicht war klar, er glaubte, in der Ferne den Drachenfels zu erkennen. Oder doch nicht? Welches gute Gefühl, über solche Banalitäten nachzudenken, dabei hatte er doch eigentlich einen Fall zu lösen.

Seine Gedanken fokussierten sich auf die bisherigen Ergebnisse. Der Mord war ja eigentlich geklärt, aber es stimmte ihn unzufrieden, dass der alte Rader so mir nichts dir nichts, ganz ohne Strafe aus dem Leben geschieden war. Zu viele Fragen blieben unbeantwortet. Warum war Nöllches Schäng zum Opfer geworden? Wo waren die Netzhäute des Obdachlosen geblieben? Was war der Grund für die stümperhafte Präparation der Leiche? War es ein Fluch oder ein Segen für den Alten gewesen, dass Magdas Bruder aufgetaucht war? Die Zeit zwischen dem Mord und dem Auffinden der Leiche verschwand in einem schwarzen Loch. Diese Ungewissheit war für Steffens kaum auszuhalten. Instinktiv wusste er, dass er eben in der Scheune des Einsiedlerhofes der Wahrheit näher als gedacht gewesen war. Aber wo, in aller Herrgottsnamen, musste er noch suchen?

Die Ruhe, die vom Steling ausging, nahm jetzt auch von ihm Besitz. Er atmete die würzige Frühlingsluft, entdeckte die paar restlichen Wildnarzissen, die sich nicht an den Zeitplan gehalten hatten und jetzt noch, eigentlich viel zu spät, kleine gelbe Kissen auf die Wiesen zauberten. Wann hatte er der Natur jemals eine solche Aufmerksamkeit geschenkt?

Seine Gedanken spielten ihm den Streich der Übermüdung. Steffens war nicht mehr in der Lage, sich auf ein Thema zu konzentrieren. Er schloss die Augen und fiel in einen Sekundenschlaf. Der Kommissar schreckte auf. Er hatte ganz kurz das Schlafzimmer vom alten Rader vor sich gesehen, das Messer, das auf ihn zugeflogen kam. Den Kleiderschrank, an dessen Innentür die Schlüssel zur Scheune gehangen hatte, die Kommode am Fußende des Bettes, der sie keine Bedeutung geschenkt hatten. War hier die Antwort verborgen? Mussten sie ganz einfach das Zimmer des Alten durchsuchen, um Aufzeichnungen, alte Rechnungen, Auftraggeber für präparierte Wild- und Haustiere zu finden. »Verdammte Scheiße!«, murmelte er vor sich hin. »In dem Haus müssen doch Antworten zu bekommen sein.«

Steffens verließ seinen magischen Ort, eilte zurück zum Auto und hielt bei Huberta an, um in dem kleinen Lebensmittelgeschäft etwas zum Abendbrot und eine Flasche Els zu kaufen.

»Sieh an, der neue Kommissar gibt sich die Ehre. Wurde aber auch Zeit!«, begrüßte ihn herzlich die Inhaberin des Ladens. Steffens stutzte und betrachtete die Endfünfzigerin fragend. »Wir sind hier in der Eifel, nicht hinterm Mond. Neuigkeiten machen schnell die Runde. Und wenn dann noch so einer wie Sie aus Köln zu uns versetzt wird, kennt der Eifler Ureinwohner kein Pardon«, lachte Huberta schallend mit der rauen Stimme einer ehemaligen Kettenraucherin. »Kommen Sie, ich spendiere Ihnen einen Kaffee vorne in der Abendsonne auf dem Bürgersteig vor dem Laden«, lästerte sie grinsend und klopfte dem Kommissar versöhnlich auf die Schulter. Das Eis war gebrochen und der Beginn einer ehrlichen, respektvollen Freundschaft besiegelt.

Huberta wusste viel, tratschte nicht und beherrschte die Kunst, Fragen zu beantworten, ohne die Würde eines anderen zu verletzen. Steffens spürte das schnell.

»Kannten Sie den alten Rader?«, nutzte Steffens die Gunst der Stunde.

»Nur zu gut«, antwortete Huberta. »Ein Eigenbrötler, immer knapp bei Kasse aber sehr phantasievoll bei der Beschaffung von Geld.«

»Aha, was hat er denn so ausgeheckt?«

»Das wissen Sie doch längst«, konterte die Ladenhüterin. »Verpachtung seiner Wiesen an Windradbetreiber zum Beispiel oder das Ausstopfen, oder wie man das nennt, von Tieren für Bekloppte, die meinen, es sei besonders dekorativ, totes Fell über der Couch zu drapieren.«

Steffens konnte sich ein Erheitern nicht verkneifen.

»Ja, also ehrlich!«, fuhr sein Gegenüber fort, »wer findet das denn heutzutage noch schön? Jagdtrophäen oder frühere Haustiere in der Diele als Willkommensgruß. Womöglich noch mit so einem Blechschild: Hier wache ich um den Hals. Aber diese Geschmacklosigkeiten waren gefragt. Der alte Rader hat damit tatsächlich ein paar Kröten dazu verdient.«

»Kröten?«, echote Steffens amüsiert. »Ausgestopfte?«

Wieder ließ Huberta ihr schallendes Gelächter ertönen. »Steffens, Sie gefallen mir! Ausgestopfte … Kröten … Darauf muss man erst mal kommen.« Und wieder folgte eine Lachsalve.

Als Huberta sich endlich beruhigt hatte, schaute Steffens auf die Uhr. Er gab zu verstehen, dass er jetzt gerne seine Einkäufe bezahlen würde, dankte noch einmal herzlich für den Kaffee und versprach, regelmäßig wiederzukommen.

Huberta war es wichtig, dem Herrn aus Köln, der jetzt Eifler werden wollte, noch einmal zu erklären, dass der Els im Schnapsglas mit einem Zuckerwürfel angereichert werden musste. »Und wenn die Eckschers abfallen, dann erst durch den Zucker schlürfen.«

Steffens hatte längst verstanden, winkte ihr zu und enterte sein Auto. Immer noch vor sich hinlächelnd trat er die Heimfahrt nach Monschau an. Erst während der Autofahrt erinnerte er sich wieder an die Bilder, die ihn aus seinem Sekundenschlaf hatten aufschrecken lassen. Gleich morgen würde er vor der Abfahrt zur JVA Aachen noch das Schlafzimmer vom alten Rader auf den Kopf stellen.

Zu Hause öffnete er das Fertiggericht und schob es in die Mikrowelle. Im Kühlschrank lagerte noch ein Eifeler Landbier. Er öffnete die Flasche mit einem lauten »Plopp« und nahm einen kräftigen Schluck. Die Mikrowelle signalisierte, dass seine Mahlzeit warm genug war. Steffens mühte sich etwas ungeschickt ab, um den Inhalt aus der Plastikschale auf einen Teller gleiten zu lassen. Mit den Gedanken war er immer noch beim alten Rader. Diesmal aber mehr mit dem Wunsch, nicht auch so einsam zu enden wie der Bauer. Sehnsüchtig dachte er an Christina die jetzt irgendwo in Köln die Gesellschaft eines anderen Mannes genoss. Heute war Steffens nicht nur in der Stimmung für Verwünschungen. Heute hätte er sie gerne bei sich gehabt. Melancholie aber auch Wut übermannten ihn.

Geistesabwesend schaltete er den Fernseher ein. Fast hätte er die Meldung verpasst. Die Kölner Polizei verzeichnete einen Fahndungserfolg. In der Nähe von Leverkusen war auf einem leerstehenden ehemaligen Gelände der Bundeswehr ein ausgebrannter Großcontainer gefunden worden. Höchstwahrscheinlich handelte es sich hier um den von einer Mülldeponie gestohlenen Container, der mit Diebesgut gefüllt gewesen war.

Steffens starrte auf den Bildschirm. Er war zu keiner Gefühlsregung mehr fähig.

KAPITEL EINUNDDREIßIG

»Steigen Sie ein«, sagte Steffens in einem Ton, der keine Fragen zuließ. »Bevor wir zur JVA fahren, statten wir Magda noch mal einen Besuch ab. Irgendwie werde ich das Gefühl nicht los, ihr gestern so ein wenig auf den Leim gegangen zu sein. Mein Mitleid für ihre Situation hat mir, glaube ich, den Blick vernebelt für die Möglichkeit, dass unsere Lady doch mehr weiß, als sie zu erkennen bereit war.«

Der Assistent musterte seinen Chef von der Seite und schluckte jede erdenkliche Frage runter. So gut kannte er den Kommissar schon. Kirchfink konnte einschätzen, dass Steffens irgendeine Spur witterte und sich dennoch ärgerte, nicht schon gestern darauf gekommen zu sein.

Schweigend fuhren die beiden Ermittler zum Einsiedlerhof, der wie gemalt in der frühsommerlichen Morgensonne lag und, wenn man es nicht besser wüsste, tatsächlich das Bild einer heilen Welt abgab.

Steffens brachte das Auto direkt vor der Eingangstür zum Stehen und hastete auf die Haustür zu. Er betätigte den Seilzug der Klingel und lauschte dem Glockenton, der aus der Diele zu hören war. Nichts rührte sich. Steffens wiederholte das Ganze noch zweimal, rüttelte ohne Erfolg an der verschlossenen Tür, dann zeigte er Kirchfink an, diese wohl auftreten zu müssen. Kirchfink ging drei Schritte zurück, um dem Kommissar Platz für den Anlauf zu geben. Der ehemalige Zehnkämpfer wirkte tatsächlich wie ein Hochspringer, als er vehement Schwung nahm, auf die Tür zuschoss und mit angewinkelten Knien, mit den Füßen voran, mittels eines gezielten Sprungs krachend das Türblatt eintrat. Das allerdings ging geschmeidiger als gedacht und der Kommissar landete laut und unsanft in der Diele.

Kirchfink wandte sich ab, um ein Grinsen zu vertuschen. Das war jetzt wirklich nicht der rechte Moment für Heiterkeit. Schnell hatte er sich wieder unter Kontrolle und fragte besorgt, ob es seinem Chef gutginge.

»Aufstehen, Krönchen richten, weitermachen«, antwortete Steffens säuerlich und rieb sich den rechten Arm.

»Welches Krönchen?«, fragte Kirchfink.

»Ach, vergessen Sie es. Ist ein Motto, das ich von einer Frau in Köln gelernt habe.«

»Wissen Sie Chef, bei dem Krach, den Sie hier veranstaltet haben, wären wahrscheinlich die ausgestopften Tiere in der Scheune wieder aufgewacht. Aber … ich höre nichts. Hier ist niemand zu Hause.«

»Ja, glaub ich auch. Besser so, dann haben wir freie Bahn, ohne Durchsuchungsbefehl das Haus zu durchsuchen.«

»Ist aber illegal!«, konterte Kirchfink.

»Die ganze Scheiße hier ist illegal«, nörgelte Steffens. »Gibt es hier nicht wenigstens einen Kühlakku oder sowas Ähnliches? Das gehört doch mittlerweile in jede Kindergartentasche.« Dabei durchsuchte Steffens den Kühlschrank, leider ohne Erfolg, was seine Laune nicht steigerte.

Kirchfink ließ seinen Blick durch die blitzsaubere Küche schweifen und bemerkte anerkennend: »Magda hat, wenn sie wirklich für immer weg sein sollte, alles in einem tadellosen Zustand hinterlassen.«

»Haben Sie dieselbe Ahnung wie ich?«, fragte Steffens verblüfft.

»Ich könnte sie zumindest verstehen. Andrzej ist nur ihr Halbbruder. Mag sein, dass das reicht, um eine familiäre Bindung zu fühlen, aber der eigene Arsch tut immer mehr weh, als der des Anderen«, philosophierte Kirchfink.

»Stimmt nur zu gut«, gab ihm Steffens Recht und rieb sich seinen Hintern.

»Sie meinen also auch, Magda ist über alle Berge?«, vergewisserte sich der Kommissar und sah seinen Assistenten fest an.

»Wir werden es rauskriegen. Ich durchsuche ihr Zimmer und Sie das, was Sie sich vorgenommen hatten, als die Tür noch in den Zargen hing«, übernahm dieser pragmatisch das Ruder.

Eine steile Stiege führte in das kleine Obergeschoss, das schon vom Dach und seinen Schrägen dominiert wurde und somit weniger Grundfläche aufwies als das Erdgeschoss. Die Stufen knarrten unter Kirchfinks Schritten, der Linoleumbelag hatte sich teilweise gelöst und bildete gefährliche Stolperfallen. Im Halbdunkel erkannte Kirchfink die verschossene grün-melierte Farbgebung. Die Wände des Treppenaufstiegs waren mit eingerahmten Puzzles geschmückt, die jemand vor etlicher Zeit nach dem Zusammenfügen der mindestens tausend Einzelteile liebevoll fixiert und auf eine Kartongrundlage geklebt hatte. Kirchfink hatte die einmalige Chance, fast gleichzeitig am Brandenburger Tor, am Schloss Neuschwanstein und an einem Löwen in der Savanne vorbeizugehen. Der kleine Treppenabsatz bildete einen Verteiler mit drei Türen. Eine führte ins rosa gekachelte Badezimmer, eine in ein kleines Zimmer, das offensichtlich als Abstellraum für Koffer, überflüssiges Bettzeug und ausgediente Küchenmaschinen diente. Hinter der dritten Tür wurde Kirchfink endlich fündig. Das Bett vor dem Fenster war abgezogen, der Kleiderschrank ließ mit aufgestellten Türen ein lautloses Gähnen von sich. Die Vorhänge mit Blumenmuster waren mit kleinen Röllchen am Kölner Brett befestigt. Er hatte sowas zuletzt bei seiner Oma in Höfen gesehen. Der abgewetzte Ohrensessel unter der Stehlampe aus Schweinehaut wirkte trotz seines offensichtlichen Alters einladend. Die drei Schubladen des kleinen Nachttisches waren jeweils ein

Stück herausgezogen. Aus dem zu kleinen Schirm der Nachttischlampe lugte eine Energiesparlampe älteren Datums hervor. Schnell hatte Kirchfink erkannt, dass hier niemand mehr wohnte. Auch in dem rosa Badezimmer waren keinerlei Utensilien mehr zu finden, bis auf eine fast aufgebrauchte Rolle Toilettenpapier in dem dafür vorgesehenen Halter.

Zeitgleich untersuchte Steffens eine Etage tiefer das Schlafzimmer des alten Rader. Im Gegensatz zu seinem Assistenten fand der Kommissar Unmengen von Dingen, die er in unwichtig und wichtig einteilen musste. Stöhnend gab er sich an die Sisyphusarbeit, als sein Assistent durchaus sportlich die Treppe hinunterkam.

»Chef, da oben ist alles leer. Das Täubchen ist ausgeflogen. Es gibt nicht das kleinste Indiz dafür, dass Magda überhaupt mal hier gewohnt hat. Sogar das Bett ist abgezogen, die Schranktüren stehen zum Lüften offen, das Badezimmer ist leergefegt.«

»Das Bett ist abgezogen?«, fragte Steffens.» Dann muss die Bettwäsche doch irgendwo liegen, wir waren doch erst gestern hier. Wo gibt´s denn hier die Waschmaschine?«

»Stimmt, sie wird die Sachen irgendwo hingelegt haben. Aber warum hat sie überhaupt so schnell die Platte geputzt?«

»Das, Kirchfink, gilt es herauszufinden. Ich möchte aber vor allen Dingen die Antwort auf die Frage bekommen, warum der alte Rader Nöllches Schäng umgebracht und konserviert hat. Die Antwort liegt meines Erachtens hier irgendwo im Schlafzimmer. Ich such mich blöd, und zwar so lange, bis ich den entscheidenden Hinweis habe. Dass Magda jetzt verschwunden ist, macht es nicht einfacher, aber wir haben ja immer noch ihren Bruder als Ass im Ärmel oder besser in der JVA in Aachen.«

»Okay, ich suche die Waschmaschine und Sie spielen weiter Aschenbrödel: die Guten ins Töpfchen …«

»Raus!«, rief Steffens.

KAPITEL ZWEIUNDDREIßIG

Magda folgte dem Beamten in der JVA durch den Flur ins Besucherzimmer, wo Andrzej schon auf sie wartete. Umarmen durften sie sich nicht, aber es war ihnen gestattet, an einem Tisch relativ gemütlich zusammen zu sitzen.

Sie unterhielten sich auf Polnisch und wähnten sich dadurch sicher und von anderen unverstanden.

»Ich werde fahren«, sagte Magda zu ihrem Bruder. »Danke für das Geld im Versteck, etwas ist für dich noch drin, aber du wirst mir Bescheid sagen, wenn du entlassen wirst. Dann hole ich dich ab, oder ich schicke dir Geld, mich sucht die Polizei ja nicht.«

»Du hast alles genommen?«, fragte Andrzej ungläubig und musterte seine Halbschwester finster.

»Fast alles, natürlich, du warst so dumm. Nur durch deine Schuld habe ich diese Stelle verloren. Der alte Rader hat mir aus der Hand gefressen. Ich hatte ihn so weit, am Schmuggel von Organen mitzumachen. Und dann kamst du mit deinen blöden Motorrädern.«

»Der Alte konnte doch gar nicht mehr in der Scheune arbeiten, der lag doch im Bett. Hast du nicht selber gesagt, er wäre von der Leiter gefallen und deshalb hast du diese Pflegestelle bekommen?«

»Er lag im Bett, und er konnte im Rollstuhl sitzen. Das war unser Plan. Wir waren gemeinsam in der Scheune, er im Rollstuhl ich auf meinen Beinen. Er hat mir erklärt, wie man Tiere ausstopft, ich habe das dann nach seinen Anweisungen gemacht. An einem Tag kam Nöllches Schäng auf den Hof und fragte nach

Arbeit und nach der Möglichkeit, im Heu zu schlafen. Da hatte ich die Idee. Was sollte dieser Schmarotzer denn hier noch arbeiten, der alte Rader und ich waren das Team. Nöllches Schäng sah aus wie ein Tier, er sollte auch so behandelt werden. Der alte Rader war begeistert, er war meiner Meinung und wir legten los. Es gab einen Aufruf für die Spende von Netzhäuten. Wir glaubten, das wäre für den Anfang einfach, aber es war schwierig, wirklich die Netzhaut abzutrennen, ich hätte das ganze Auge nehmen sollen. Jedenfalls waren die Organhändler mit dem Ergebnis nicht einverstanden. Um weiter zu üben, auch andere Organe entnehmen zu können, haben wir die Leiche des Obdachlosen konserviert.«

Angewidert hatte Andrzej den Erklärungen gelauscht. Aber sie war seine Schwester und er kein Nestbeschmutzer. Es wäre so einfach gewesen, den diensthabenden Beamten zu rufen und die Ungeheuerlichkeiten zu Protokoll zu geben. Andrzej jedoch schwieg wie erstarrt. In Sekundenschnelle durchliefen seine Gedanken die Persönlichkeiten der gemeinsamen Familie. Von wem konnte Magda denn diese Brutalität geerbt haben? Fassungslos beäugte er die hübsche Frau und bemerkte zum ersten Mal diesen herrischen Zug um ihren Mund. Sie hatten also wirklich die Leiche, die er im Wald verstecken sollte, als Übungsobjekt behalten, so wie angehende Mediziner im Präparationsraum der Unikliniken an Leichenteilen üben sollen.

»Ich wünsche dir Glück, Siostra.« Die Aufforderung zu gehen kam fast tonlos über seine Lippen. Andrzej zeigte dem Beamten mit einer Handbewegung an, dass der Besuch jetzt beendet sei und er gerne wieder zurück in seine Zelle wolle. Ohne noch einen Abschiedsblick auf seine Schwester zu verschwenden, verließ er flankiert von zwei Beamten den kleinen Raum.

Magda klaubte ihre Handtasche vom Boden auf und folgte dem Weg in Richtung Ausgang. An der Gefängnispforte nahm sie ihr Reisegepäck wieder in Empfang und ging zur Bushaltestelle, um von dort den Bahnhof zu erreichen.

KAPITEL DREIUNDDREISSIG

»Chef, Sie werden nicht glauben, was ich im Keller gefunden habe!«, rief Kirchfink schon auf der Treppe. »Einen Rollstuhl! Und auch der ist pieksauber, so, als hätte gestern oder zumindest vor ein paar Tagen noch jemand dringesessen.«

Steffens hob den Kopf und starrte seinen Assistenten ungläubig an. »Soll das etwa heißen, der alte Rader war gar nicht so bettlägerig, wie er die ganze Welt hat glauben lassen?«

»Wäre eine mögliche Theorie, aber ich mache mir absolut keinen Reim darauf.«

»Ich auch noch nicht, aber kommen Sie doch mal zu mir, ich habe hier eigenartige Notizen gefunden. Zum einen sind das Quittungen über den Erhalt ziemlich hoher Summen für das Präparieren von Haustieren, die bringen offensichtlich mehr als die Jagdtrophäen, zum anderen ist das hier ein Aufruf in polnischer Sprache. Scheint ein Ausschnitt aus einem Journal zu sein. Ich habe mal ein paar Worte durch den Übersetzer auf meinem Handy geschickt. Da geht es um Netzhäute, Spenden aber auch um Geld.«

»Netzhäute, die Dinger, die wichtig sind, um richtig sehen zu können, die Dinger, die Nöllches Schäng fehlten. Mir graut Fürchterliches!«

»Mir auch, Kirchfink«, antwortete der Kommissar mit belegter Stimme. »Außerdem habe ich einen kleinen Zettel mit einem Vermerk gefunden, der das Liefern eines Containers am ersten April – ist das jetzt ein Scherz? – bestätigt. Morgens um halb drei. Was für eine unchristliche Zeit. So früh kann man sich ja sicher sein, dass die Umgebung noch schläft und nicht viel mitbekommt, wenn ein Riesencontainer vor der Scheune des abgewirtschafteten Einsiedlerhofes parkt, um sämtliche Utensilien verschwinden zu lassen.«

»Tatsächlich der erste April? Das wäre ja schon einen Monat vor Ihrem Dienstbeginn gewesen. Kein Wunder, dass sich die Fliegen und Maden in den Tierresten wohlgefühlt haben.« Kirchfink schüttelte sich noch immer bei dem Gedanken.

»Jetzt zeigen Sie mir mal die Waschküche und dann setzen wir uns in die Sonne und überlegen bei einem Kaffee, wie sich diese Teile zusammenpuzzeln lassen.«

Beide Männer mussten den Kopf einziehen, als sie den Kriechkeller betraten. Gestampfter Lehmboden mit einem Betonsockel für die Waschmaschine zeugten vom Alter des Hauses. Damals sparte man an der Bodenplatte und begnügte sich mit Streifenfundamenten unter den Wänden. Die Waschmaschine war offensichtlich vor kurzem erst benutzt worden, die Bettwäsche hing an einfachen Kordeln, die im hinteren Teil des mäßig beleuchteten Raumes an angerosteten Haken befestigt waren. Direkt neben der Maschine stand unter einer dünnen Wolldecke ein zusammengeklappter Rollstuhl.

»Warum hat Magda nur ihre eigene Bettwäsche gewaschen, aber nicht die vom alten Rader?«, fragte Kirchfink.

»Die Antwort auf diese Frage ist wahrscheinlich ein Schlüssel zur Wahrheit über die Geschehnisse der letzten Stunden, vielleicht sogar der letzten Wochen. Blöd, dass nur Magda die Wahrheit kennt. Der alte Rader ist tot und Magda ist weg.« Steffens trat genervt gegen den Rollstuhl sodass der umfiel. Ein leises Klimpern ließ die beiden Männer aufhorchen.

»Münze oder Schlüssel, was ist aus der Tasche an der Rückenlehne des Gefährts rausgefallen?«, fragte der Kommissar und betätigte die Taschenlampenfunktion seines Handys. Er stellte den Rollstuhl wieder auf dessen Platz und während des Aufhebens sah er den kleinen Schlüssel, den er sofort der Geldkassette zuordnete, die er im Nachttisch vom alten Rader gesehen hatte. Die beiden Männer verloren keine Zeit und spurteten nach oben in das Schlafzimmer, in dem ein heilloses Durcheinander herrschte. Steffens war mit seiner Sortierarbeit halt noch nicht fertig geworden.

Hastig zog der Kommissar die Schublade auf und fingerte nervös mit dem Schlüssel, bis der endlich richtig im Schloss saß. Der Deckel ließ sich ohne Probleme öffnen. Ein Haufen Bargeld lachte den beiden Männern entgegen. Ungläubig nahm Steffens die gebügelt wirkenden Scheine in die Hand. Sie waren nicht banderoliert, aber wirkten wie frisch gedruckt.

»Und davon soll Magda nichts gewusst haben? Sie hätte das Geld doch gut für ihr fluchtartiges Verschwinden gebrauchen können«, resümierte Kirchfink. »Wie ist denn der Schlüssel in die hintere Tasche am Rollstuhl gekommen?«

»Vielleicht war der ja gar nicht in der Tasche. Vielleicht ist er aus der Hosentasche vom alten Rader rausgerutscht, als der Mann in dem Stuhl saß. Niemand hat es gemerkt und beim Zusammenklappen lag das kleine Ding halt auf der Sitzfläche. Viel wichtiger ist für mich die Frage, wie der alte Rader an so viel Bargeld gekommen ist. Das passt irgendwie in das Gesamtbild der kriminellen Energie in diesem Haus.«

Kopfschüttelnd gingen die beiden Ermittler in die Küche, betätigten die Kaffeemaschine und saßen wenig später draußen in der Frühsommersonne. Schweigend nippten sie an ihren Bechern. Jeder hing seinen eigenen Gedanken nach, als sich plötzlich Steffens Handy bemerkbar machte. Der unverwechselbare Sound von Bob Marley ballerte eine gehörige Ladung guter Musik in diese sonst stille Situation.

»Ja, Steffens hier«, meldete sich der Kommissar. Dann hörte er eine halbe Ewigkeit dem Anrufer zu.

Mit den Worten: »Ich habe verstanden, wir sind schon unterwegs«, beendete er das Telefonat. »Kirchfink, es könnte sein, dass wir heute doch noch Antworten auf die vielen offenen Fragen bekommen. Andrzej will singen. Er weiß mehr als wir und will wohl seinen Arsch retten.«

Kirchfink kannte mittlerweile die Vorliebe seines Chefs für ruhige Kaffeepausen. Sie waren sich einig, die Becher nicht zu schnell zu leeren. Als wäre es Bier, prosteten sie sich zu und verfielen wieder in Schweigen, bis Kirchfink schließlich die beiden Tassen in die Küche brachte, während Steffens die Gartenbank vor die Türöffnung rückte, um irgendwie die kaputte Eingangspforte daran zu lehnen.

»Lass mal Chef, ich habe einen Vetter, der ist Schreiner. Den ruf ich jetzt an, der macht das schon!«

»Danke, Kirchfink. Dann also nichts wie nach Aachen zur JVA.«

KAPITEL VIERUNDDREISSIG

Mittlerweile war dem ehemaligen Kölner Beamten des LKA die Strecke nach Aachen vertraut. Er freute sich, dass die Stausituation auf der Autobahn hier doch um einiges entspannter war als auf dem Kölner Ring. Die Abfahrt Würselen brachte ihn zur Krefelder Straße in deren Hinterland die JVA direkt neben dem berühmten Stadion des CHIO, dem weltgrößten Pferdeturnier, lag.

Der Wagen passierte die Sicherheitsschleuse, die beiden Männer wurden zweifellos erwartet. Der diensthabende Beamte war ihnen schon bekannt. Steffens, Kirchfink und er begrüßten sich freundlich ohne überflüssiges Wortgeplänkel. »Wir überwachen das Verhör wieder hinter der Glasscheibe. Keiner weiß ja, ob unser Freund wirklich handzahm ist«, versicherte der Beamte und ließ die beiden Ermittler in den kleinen Raum eintreten.

Andrzej Stoyczek wartete wie ein in sich zusammengesunkener Schuljunge, der auf die Standpauke des Schuldirektors gefasst war, auf dem Stuhl mit Blick zur Tür. Als er den Schlüssel im Schloss vernahm, strengte er sich an, zumindest ein kleines Maß an Körperspannung zu erlangen, aber zu schwer lastete das Wissen um die kriminelle Energie seiner Schwester auf den Schultern des Kleinkriminellen.

Andrzej hob den Kopf und nickte den beiden Männern zu. Mit Respekt wurde er begrüßt, das eröffnete eine vertrauenserweckende Situation. Freundlich ermunterte Steffens den Taschendieb seines Portemonnaies: »Also, Herr Andrzej, wir haben tatsächlich einige Fragen an Sie und freuen uns deshalb sehr, dass

Sie sich bereit erklärt haben, von sich aus zu berichten, was Sie wissen.«

Andrzej rutschte anfangs etwas nervös auf der Plastiksitzfläche des roten Stuhls hin und her, bis er sich spürbar einen Ruck gab und sein Wissen zumindest teilweise preisgab. Erstaunlicherweise ließ auch bei ihm, wie schon früher bei seiner Schwester der polnische Akzent immer mehr nach und die beiden Ermittler hörten ihm konzentriert zu.

»Als ich vor vielen Wochen meine Schwester beim alten Rader besuchte, hatte sie sich schon sehr verändert. Sie stellte sich so komisch an, als ich sie bat, bei dem Bauern nachzufragen, ob ich meine Motorräder in der Scheune unterstellen kann. Zuerst wollte sie das gar nicht, dann behauptete sie, der alte Mann will das nicht und schließlich schickte sie mich zum alten Rader ins Schlafzimmer. Ein schrecklicher, unfreundlicher Mann begrüßte mich garstig und guckte so listig. Er sagte, ich sollte die Scheune aufräumen, saubermachen und Abfall vernichten. Dann könnte ich Motorräder unterstellen. Er fragte nicht, woher die Maschinen kommen, das hat mir gefallen und gab Sicherheit. Wenn ich dann noch die Leiche wegbringen würde, bekomme ich 300 Euro extra. Erschrocken fragte ich, was für eine Leiche denn da liegen würde. Der alte Rader erklärte, dass ein Landstreicher nachts im Heuboden geschlafen hätte und betrunken runtergefallen wäre. Der Rest hätte mich nicht zu interessieren. Entweder ich mache alles so, wie der Rader das verlangte, oder er würde die Polizei rufen wegen der Motorräder. Ich hatte keine Wahl mehr, ich räumte auf. Den Rest wissen Sie«, beendete Andrzej seinen Bericht.

»Nein«, antwortete Steffens, »genau der Rest wird jetzt für uns wichtig. Sie müssen leider noch einige Fragen erdulden. Ihre Schwester ist weg, wissen Sie das?«

Andrzej zuckte zusammen. »Ja, sie hat sich bei mir heute Morgen verabschiedet. Offensichtlich will sie zurück nach Polen. Hier hat sie keine Zukunft mehr, der Alte ist tot, vielleicht sucht sie irgendwann eine neue Pflegestelle.«

»Was hat Sie Ihnen noch erzählt? Warum haben die beiden den Todesfall, und das ist ja offensichtlich wörtlich zu nehmen, nicht sofort gemeldet, sondern gaben sich die Mühe, die Leiche zu konservieren?«

Augenscheinlich hatte Steffens mit dieser Frage ins Schwarze getroffen. Andrzej holte tief Luft und begann mit dem zweiten Teil seines Berichts mit den Worten: »Magda, es tut mir leid, aber was du gemacht hast, kann ich nicht verschweigen!« Dabei blickte er an die Zimmerdecke, als ob da oben seine Schwester wie in einem Piratenkorb festgehalten werden würde. Automatisch folgten die beiden Ermittler seinem Blick und schüttelten dann den Kopf angesichts dieser Reaktion.

»Magda hat mir erklärt, dass der alte Mann nicht nur im Bett liegen musste. Er konnte auch kurze Zeit im Rollstuhl sitzen. Damit die Tiere weiter ausgestopft werden konnten, fuhr meine Schwester ihn in die Scheune. Er saß im Rollstuhl und erklärte Magda, wie man Tiere ausstopft. Sie erledigte die Arbeit und so ging das Geschäft weiter. Dann kam Obdachloser auf den Hof. Er war irgendwann tot und die beiden beschlossen, ihn auszustopfen. Eigentlich wollte Magda seine Organe als Schmugglerware verkaufen, aber ihr Versuch, die Netzhäute rauszuschneiden, ging schief. Sie wurden nicht akzeptiert. Und dann …«, Andrzej nahm einen großen Schluck aus seinem Wasserglas, bevor er nach einer kleinen Pause leise weitersprach, »dann haben sie an seinem Körper geübt.«

»Wie, geübt, was denn?«, fragte Kirchfink, der die sich anbahnende Wahrheit nicht für möglich halten wollte.

»Na ja, sie haben versucht, Organe rauszuschneiden, haben geguckt, wie sie im Körper fest sind, haben gelernt, was ist Anatomie.« Jetzt war es raus, Andrzej fühlte sich sichtlich erleichtert.

Ungläubig starrten Steffens und Kirchfink Magdas Bruder an.

»Seit wann wissen Sie das?«, fand Steffens als erster die Sprache wieder.

»Seit heute Morgen. Magda kam, um sich zu verabschieden. Ich hatte ihr vor einigen Tagen mein Geldversteck im Heuboden gezeigt, das hat sie wohl bis auf irgendwas leergeräumt. Ich bin stinksauer, sie hat mich total beklaut. Ich brauchte das Geld, weil ich noch den Riesencontainer bezahlen musste und dann eigentlich nach Hause wollte. Dann hat sie mir erklärt, dass ich alles kaputt gemacht hätte. Sie und der alte Rader hätten noch lange so weitermachen können. Erst die Tiere, dann die Menschen, am Landstreicher haben sie geübt.«

»Der Landstreicher ist nicht durch einen Fall vom Heuboden ums Leben gekommen, er wurde ermordet«, erklärte Steffens mit scharfer Stimme. »Trauen Sie Magda einen Mord zu?«

»Ich weiß nicht. Ich glaube nicht. Sie war früher nicht so hart. Ich glaube, dieser hässliche alte Mann hätte das geschafft, aber meine kleine Schwester Magda nicht. Die hat funktioniert. Vielleicht hatte sie Angst vor dem Alten, aber war auch gierig nach Geld.«

Steffens spürte, dass Andrzej die Wahrheit sagte. Allein die Erfahrungen, die er selber mit dem Messerwerfer erlebt hatte, ließen ihn das gerne glauben.

»Was meinen Sie, Herr Kommissar, wird meine Aussage mir helfen, nicht so lange im Gefängnis zu bleiben?«

Steffens musterte den Mann vor ihm. Jetzt tat er ihm regelrecht leid. Er zuckte mit den Schultern: »Ich weiß es nicht, aber ich werde ein gutes Wort für Sie einlegen. Und immer, wenn Sie später mein geklautes Portemonnaie benutzen, überlegen Sie sich gut, ob sich für Sie die Kriminalität lohnt!«

Steffens und Kirchfink verließen den kleinen Verhörraum. Der diensthabende Beamte kam auf die beiden Männer zu. Er hatte das Verhör hinter der Tarnscheibe verfolgt.

»Wir haben eine Fahndung rausgegeben. Eigentlich kann Magda Stoyczek ihr Heimatland noch nicht erreicht haben. Der Zoll weiß Bescheid, die Zugbegleiter wissen Bescheid und wenn sie uns doch noch durchs Netz geht, beantragen wir Amtshilfe bei den Kollegen in Polen. Die Dame war die längste Zeit in Freiheit.«

»Gut gemacht«, lobte Steffens und verließ mit Kirchfink die JVA.

»Na Chef, Lust auf ein Monschauer Dütchen?«, fragte Kirchfink.

»Nee, lieber einen Belgischen Reisfladen«, antwortete Steffens.

Die beiden Ermittler fuhren schweigend nach Monschau und fanden einen leeren Tisch im Café auf dem Marktplatz.

»Andrzej tut mir irgendwie leid, Chef. Ob sich wohl mildernde Umstände erwirken lassen? Klar, er hat Sie fies erwischt, aber er hat durch seine Aussage Fragen beantwortet, die den Fall jetzt als gelöst darstellen«, unterstrich Kirchfink erneut seine menschliche Seite.

»Sie haben Recht, die Sache mit den Motorrädern ist zwar keine Kleinkriminalität mehr, aber er ist heute richtig weit über seinen Schatten gesprungen, indem er gegen seine Schwester ausgesagt hat. Wir sollten das in unserem Bericht entsprechend darstellen, vielleicht wird das ja beim Strafverfahren zu seinen Gunsten ausgelegt.«

Den Rest des Kuchens genossen beide Ermittler schweigend, bevor sie sich voneinander verabschiedeten und sich gegenseitig einen schönen Feierabend wünschten.

Draußen atmete Steffens die frische Luft ein und wusste, wohin er jetzt fahren wollte!

KAPITEL FÜNFUNDDREIBIG

Der Kommissar parkte sein Auto unterhalb des Stelings und ging schnellen Schrittes zu seiner Philosophenbank. Dort angekommen enterte er das Holzsitzmöbel und ließ seinen Blick über das sich ihm bietende grandiose Panorama schweifen. Die zu spät erblühten kleinen Narzissen vom letzten Besuch hier oben waren am Ende doch noch zeitgleich mit den anderen dem Ruf der Natur gefolgt und verwelkt. Jetzt schmücken die zartlila gefärbten Blüten des Wiesenschaumkrauts und der gelbe Löwenzahn die saftigen Wiesen, auf denen Kühe grasten und dabei versuchten, mit ausladenden Schweifbewegungen die Mückenschwärme zu vertreiben. Vögel zwitscherten, als ob sie den Abend mit dem Morgen verwechselt hatten. Wann waren dem Kommissar in Köln jemals solche einfachen Naturereignisse aufgefallen?

Langsam fiel die Last des Umzuges und der Ermittlung von ihm ab. Die unangenehmen Bilder der letzten Tage verblichen. Das Gefühl, Erfolg gehabt zu haben, ergriff den Kommissar. Kopfschüttelnd dachte er noch an die eine oder andere Begebenheit, die diesen Fall ausgemacht hatten. Wie schon so oft in Köln, war er auch hier mit Auswüchsen von krimineller Energie konfrontiert worden, die ihn immer wieder klarmachten, dass er doch noch nicht alles kennengelernt hatte. Auch wenn er das im Grunde seines Herzen, so gerne hätte sagen wollen.

Steffens genoss jetzt den Frieden. Der Kölner in ihm fand langsam Ruhe, denn das, was er vom Steling aus sah, gefiel ihm. Der Kommissar in ihm jubilierte, denn er hatte seinen ersten Eifeler Fall gelöst. Und der Reisfladen in ihm rebellierte, denn davon hatte Steffens eindeutig zu viel gegessen. Er wusste genau: Da half jetzt wirklich nur noch ein Els.